CB128875

Entre amigas

Copyright © 2006 by Diana Verlag, München, uma divisão de Verlagsgruppe Random House GmbH, München, Germany.

Título original: Das Leben ist eine Zicke

Coordenação editorial: Débora Guterman
Assistente editorial: Cristiane Peroni
Preparação e revisão: Fátima Couto
Capa: Graziella Iacocca
Projeto gráfico e diagramação: Renata Milan

Dados Internacionais de Catalogação na Publicação (CIP)
(Câmara Brasileira do Livro, SP, Brasil)

Holst, Evelyn
Entre amigas / Evelyn Holst, Sabine Reichel ; tradução Marianne Wenzel. – São Paulo : Editora Planeta do Brasil, 2009.

Título original: Das Leben ist eine Zicke.
ISBN 978-85-7665-440-7

1. Romance alemão I. Reichel, Sabine. II. Título.

09-04751 CDD-833

Índices para catálogo sistemático:
1. Romances : Literatura alemã 833

2009
Todos os direitos desta edição reservados à
Editora Planeta do Brasil Ltda.
Avenida Francisco Matarazzo, 1500 – 3º andar – conj. 32B
Edifício New York
05001-100 – São Paulo-SP
www.essencialivros.com.br
www.editoraplaneta.com.br
vendas@editoraplaneta.com.br

EVELYN HOLST | SABINE REICHEL

entre amigas

tradução
Marianne Wenzel

essência/Planeta

Oi, Ana,

tenho um estranho pressentimento de que meu marido anda me traindo, mas na verdade ainda não quero falar sobre isso porque espero estar errada.

Sílvia.

Ah, não!

Mas como você concluiu que George está te enganando? Alguma prova irrefutável? Ele está indo pra academia? Trazendo flores? Cheiro de Chanel no pescoço? Batom na cueca? Ou depois das "horas extras" ele chega em casa fresquinho, como se tivesse acabado de sair do banho? Será que você não está só vendo fantasmas na sua crise de meia-idade? Meu conselho: fique tranquila e aposente a capa de detetive... Quer ajuda? Você sabe como sou ardilosa...

Se cuida amiga, Ana.

Oi, Ana,

Marcas de batom na cueca? Quanta fantasia, hein! Talvez você tenha razão, estou vendo fantasmas, mas fiquei perplexa com dois fatos seguidos que aconteceram. 1. Ele reclamou de dor de cabeça na cama, e isso nunca rolou antes. Nunca! Tínhamos saído para beber com uns amigos, e quando fomos pra cama eu estava realmente a fim de uminha antes de dormir, o que também não é tão comum. E ele sempre reclama disso, mas tudo bem. Então escorreguei para cima dele, e ele murmurou: "Já estou dormindo, linda". Logo cedo levo outro choque. Achei que tinha pirado, mas ele raspou os pelos do peito. Depois de mais ou menos trinta anos, decidiu que aquela selva Amazônica o deixa menos apetitoso. Como isso nunca me incomodou, SÓ PODE haver uma mulher por trás, não? Ou até um homem, quem sabe? Não seria o primeiro marido a virar gay antes de se aposentar.

Sílvia.

Ei!

O seu marido, uma bicha velha? hehe. Nunca nesta vida. Além disso, ele não sobreviveria nesse mercado. Mas um hétero depois dos 40 tem todo o direito de raspar os pelos do peito sem a autorização da mulher! =) Com certeza é só um ataque passageiro. Você sabe como deve ser duro para um homem perceber que não é mais aquele Adônis desejado por todas. Aí ele parte para o puxa-estica-encolhe-tinge-corre-disfarça – e vai saber mais o quê.

A esperta Ana. =P

Ana,

Sobre a selva Amazônica. Meu ginecologista me contou hoje que reconhece a idade das pacientes pelo formato dos pelos púbicos. Depois dos 40 é um arbusto denso e selvagem, antes dos 40, um triângulo cuidadosamente depilado. Fui correndo pra casa e tentei rejuvenescer através da depilação. Agora lá embaixo ficou com cara de espanador selvagem...

Silvinha.

Oi, Sil,

Sei, sei, você andou indo ao médico... Ele pelo menos é atraente? Dizem as más línguas que um ginecologista é como um mecânico que nunca possuiu um carro...

Aliás, aos 30 e poucos anos eu depilei um coração lá embaixo para o Dia dos Namorados. O garoto se empolgou, mas aquilo coçava e me pinicava tanto que precisei deslocar para outras partes do corpo minha capacidade de surpreender o moço. Se levássemos em conta as estatísticas sobre o que os homens preferem, valeria ainda: *lost in the jungle...*

Beijos, a indiazinha.

Olá, Aninha,

Sorte que os meus pelos púbicos ainda não estão grisalhos, rs. Parece que a mulherada tinge tudo, se bobear fica laranja-fosforescente. Será que os homens se estressam tanto com isso? Acho que não, ou você conhece algum com os pentelhos tingidos? Hein?

A pesquisadora.

Oi, Sílvia,

Não, só conheço homens que parecem ter o cérebro tingido. Sabe aquele jeito de pentear o cabelo pra disfarçar a careca, com uma franjinha lambida? Tem a versão lisa e ensebada e também a opção frisada. Mas isso não seria um belo nicho de mercado? A Wella ou a L'Oréal poderiam lançar algum produto com o seguinte mote: "Medo do primeiro cabelo branco? Não em cima! Embaixo!", hehe.

A especialista capilar (de cima).

Ô, espertona,

Me diz uma coisa, o que te chama a atenção num homem? Voz, mãos, corpo? Nem adianta procurar um traseiro bonito nessas bandas. Pela minha experiência, quanto mais ao norte, mais chapados ficam os bumbuns. Será que existem implantes para as nádegas? Está aí outro nicho de mercado.

Silvinha.

Oi, Sílvia,

Vamos dar um tempo dos seus pensamentos lascivos. Sempre digo que vocês, mães, só pensam naquilo. Talvez por culpa das não mães como eu. Observei hoje uma situação interessante, que me deixou pensando em como nossa moral é dúbia e influenciada por tudo o que é "conveniente". No ônibus, vi uma jovem mãe com um decote superprofundo. Os peitões pulavam para fora da camisa justa, era quase pornográfico, e continuaria sendo se ela não fosse mãe. Tudo bem, fazia calor, mas no segundo em que vi sua mão segurando o carrinho de bebê, pensei: "Ela é mãe, não podia vestir algo mais adequado?" Ridículo, não?

Um beijo, Ana.

P.S.: Ah, você tinha perguntado sobre as partes do corpo. Eu, pessoalmente, sou tarada por voz e mãos. Voz chorosa ou desafinada não dá. Muito menos mãos gordinhas, hehe. Mas aí você encontra alguém superengraçado, até sensual – e pimba, lá vem aquela mãozinha gorda avançando sobre o seu joelho ou outros lugares. Bem, *c'est la vie*, como dizem os franceses com sua voz aguda.

Um beijo, Ana.

Oiê,

E por falar em mães, faço parte desse time, ainda que esteja penando no momento. Você sabe, as crianças estão com 13 e 16 anos – não exatamente uma idade em que as achamos superfofas. Mas pra mim há dois tipos de mâmis especialmente terríveis. A amamentadora eterna, cujo filho de 15 anos desabotoa sua blusa na frente de todos e que ainda diz: "Sei que já passou da idade, mas nós dois curtimos tanto!" Penso sempre no marido, caso ele ainda exista, precisando disputar com o filho o peito da própria mulher: "Não, meu filho, agora é a minha vez". Regra de ouro: quando nasce o primeiro dente é hora de desmamar. E tem ainda as eco-mães, que levam biscoitinhos de soja em sacolas de fruta ao parquinho, proíbem açúcar e brinquedos de plástico. Quando eu fumava, sempre soltava grandes baforadas venenosas na cara dessa gente. =P

Que mães te irritam mais?

S.

Mãezinha,

Meu Deus, conheço uma amamentadora eterna! Uma grande amiga minha, na verdade. Nada, nada era mais embaraçoso do que sua filha de 3 anos – ela tem no total três crianças –, que, de repente, no meio do jantar, subia no seu colo, abria agressivamente os botões do seu vestido como um amante impaciente e, com um rápido movimento, sacava um peito e começava a sugá-lo, enquanto os convidados, ligeiramente nauseados, continuavam ali ao lado mastigando o macarrão sem o menor apetite. Minha amiga não ficava especialmente constrangida, e as outras filhas (de 12 e 6 anos) pareciam bem resignadas. O mais louco é que esse comportamento, aparentemente, é genético, porque ambas faziam exatamente a mesma coisa quando mais novas. O marido (nesse meio tempo eles se separaram, lógico!) fazia uma cara de ódio, uma mistura de nojo, raiva e saudade que eu nunca vou esquecer.

Também amo as mães de restaurante, que, orgulhosas e levemente sádicas, esperam que os outros achem o máximo a gritaria e correria da prole entre as mesas. De resto, querida amiga, devo dizer que as fumantes são as piores de todas. No braço esquerdo um bebê, na mão direita um cigarro. Horrível! As pobres criaturas não podem nem se opor. Deem uma chance às crianças, por Deus! O mundo já é venenoso o suficiente. Permaneço uma não-fumante convicta e, por isso mesmo, jovem e linda! =)

Ana.

Ei, aqui na redação eles fumam como loucos. Tratei de pôr um ventilador sobre a minha mesa.

Olá, coisinha jovem,

Realmente, é terrível quando as mães esquecem que são outra coisa além disso: esposas, amigas, irmãs. Quando se transformam nessas fêmeas fanáticas que se agarram exclusivamente às crianças. Igual a essas mulheres que só vivem para o marido. A síndrome da esposa. Meu marido diz, meu marido acha... nunca eu, sempre nós. Quando encontro uma mulher assim, fujo na hora. Posso ser esposa e mãe, e amo os homens, mas não os considero indispensáveis para a sobrevivência. Defendo a opinião de que gastamos tempo e energia demais com eles. São homens, que ótimo, por favor, vamos mudar de assunto.

Como estou casada há muitos anos (às vezes, sinto como se fossem uns dois séculos), talvez não seja a melhor interlocutora para esse tema. Sentar-se sempre à mesa posta não necessariamente abre o apetite. Como solteira, o que você acha disso? Sente falta de um homem na sua vida? Ou você curte uma secura? rs.

Por que achei graça nisso? Eu mesma estou secando aqui...

Beijocas, Sil.

Ah, Sílvia,

Você acha que um homem em casa dispensa o vibrador? Sempre falo dos sentimentos "clássicos", como saudade de intimidade, uma sensação de pertencimento. Por isso sinto sim, às vezes, falta de um homem em casa, que simplesmente esteja ao meu lado e ali fique. No entanto, tenho um problema com o casamento em si, você sabe. Já passei por isso. E não gostaria de me submeter a essa situação novamente. Não faltaram casinhos, ainda que mais esporádicos nos últimos três anos. Tomar café na cama e transar sobre migalhas de pão, ler jornal ou cozinhar juntos, ganhar massagens e flores, dar amassos no cinema etc., são coisas das quais tenho saudade. Ahhh. Mas tudo isso se consegue também sem casamento, com um amante atencioso, que aparece só uma ou duas vezes por semana. Sinceramente, são os maridos que comparecem raramente. Uma coisa é certa – sabe, algumas verdades são banais –, você se esforça mais quando nem tudo está garantido, e a rotina é o fim da empolgação e do sexo quente. Você conhece tudo isso. E sabe também que há mais divórcios do que nunca... Você não fantasia sobre o divórcio, assim como eu fantasio sobre parceiros? Talvez não seja uma pergunta apropriada...

Um grande abraço, Ana.

Querida A,

Mas é claro que fantasio! Para mim, a vida ideal seria assim: digamos, quatro filhos de quatro homens diferentes, cada um de uma cidade, enquanto eu moro numa casa enorme com uma governanta maravilhosa, faxineira etc., e no fim de semana despacho cada filho ao seu respectivo pai para receber meus amantes. Conheço várias esposas que prefeririam morar com mulheres e manter o homem como amante, porque nada é mais broxante do que viver sob o mesmo teto. Acordar e logo ver os pelos do nariz dele, dividir o pãozinho no café da manhã, ver as roupas sujas sempre na frente, e não dentro do cesto, a barba na pia, você conhece cada barulho e cada cheiro de trás pra frente. Você leva um rolo ao banheiro quando ele grita que acabou papel. Na bancada, loção capilar, ele compra absorventes internos para você, e quando chega a menopausa, providencia os hormônios. Claro que isso é horrível, mas também pode ser muito aconchegante e reconfortante. Só não é sexy – e se você, como esposa, está a fim, melhor procurar outro homem, ou ele vai te ver de lingerie preta e perguntar: "Aconteceu alguma coisa com a vovó?".

Te irritam essas esposas que agem como se vivessem comendo bolo, enquanto para você sobram só os farelos? rs.

Sílvia.

SSSSSSSS,

Quê? Não conheço essas comedoras de bolo. Ou não levo a sério essa postura, porque são elas as que se contentam com as sobras, não eu. Tenho dó da maioria das mulheres casadas, que dia após dia se submetem ao que você descreveu tão bem. Especialmente a loção capilar. Bem que isso seria útil para combater as minhas entradas.

Um beijo da sem inveja, Ana.

Ei, Ana,

Preciso te interromper já! Você já tem entradas? Que sinistro! Tome uns hormônios, isso é um sintoma da menopausa, você está em vias de ficar careca!

A preocupada Sílvia.

Ah, Silvinha,

Brincadeirinha, fofa, não precisa se alterar. Ainda tenho a minha cabeleira, e como ela é o dobro da sua, não se preocupe comigo. =P

Ana.

Está bem, sua boba,

Caí na sua brincadeira besta =(. Tem a ver com o fato de que cabelos sempre foram meu ponto fraco, e porque atualmente estou, infelizmente, exibindo um modelo estilo Elke Heidenreich*. Deixa pra lá, já me acalmei, enquanto você continua se alterando por causa das esposas, né? rs.

Sílvia.

Yes, baby,

Siga firme com seu casamento, que de qualquer forma é o único que eu, de fora, vejo como harmônico e funcional, enquanto o resto oscila entre sombrio e deprimente. Será que o seu é a exceção que confirma a regra, apesar da sua momentânea crise de ciúmes? Do fundo do coração, espero que sim. Mas certamente você ainda se lembra da sua vida de solteira, quando ocupávamos uma posição privilegiada fora da rígida linha de frente dos casamentos. Nessa situação, somos estranhas no ninho. Quantas vezes, nos meus tempos "sem homem", fui riscada das listas de convidados para encontros e jantares de casais só porque não tinha um acompanhante? Aparentemente não havia nada mais perigoso para homens esgotados da vida a dois do que mercadoria fresca saltitando

* Escritora, jornalista e apresentadora de TV alemã, que nos anos 60 exibia um penteado tipo "bolo de noiva". (N. T.)

serenamente diante da prisão conjugal. E as esposas, sérias, agarravam automática e rapidamente a mão do parceiro, num gesto disfarçado de ternura, apenas para marcar território. Fique à vontade, dizia eu às vezes. Como assim, perguntavam elas, ele não é bom o suficiente para você? Independentemente do que a gente faça, nunca acerta. Por isso os maridos de amigas sempre foram tabu para mim. Precisa haver algum tipo de regra rígida e antiquada... O que você acha?

Ana =*

Ah, Ana,

... Esse é o ajuste fino que as solteiras precisam fazer para continuar participando dos encontros de casais. Você deve sinalizar às esposas o belíssimo exemplar que elas arrebataram e do qual você vai abrir mão, ainda que com pesar. Senão cai naquele tipo de diálogo que tem de ser evitado a todo custo: "Tire as mãos do meu marido, sua vagabunda". "De quem? Desse ser obeso que me cantou a noite inteira? Eu não tocaria nele nem com uma pinça." "Tá maluca? Veja como fala do meu marido!" E por aí vai. Realmente, acho que dá pra perceber logo de cara se um homem é casado ou não. Ou ele tem um jeito horrivelmente domesticado (nos casos mais graves, virou um acomodado por causa da mãe e por isso parece mais um vovô) ou lança aqueles olhares de cachorro pidão porque há anos a mulher faz jogo duro na cama. Realmente, espero que meu casamento seja a exceção. Pode ser um desejo inocente, já que ele nunca foi mesmo superfiel. Você sabe, ele é lindo, alto, loiro (agora um pouco grisalho), olhos azuis, e desde que o conheço a mulherada dá em cima dele. Fico estupefata com a forma como essas vagabundas se insinuam, mesmo comigo ali do lado. Aaaah... raiva!

Sílvia.

Oi, esposa paranoica,

Ah, os homens casados são mesmo sobrevalorizados. Ainda assim, alguns são fofos... rs.

Beijos da Ana boa-vida.

Ei, Ana,

Que eu saiba, você costuma ter razão. Mas minha dúvida voltou à tona hoje cedo, quando entrei no banheiro e dei de cara com meu tesouro, que apressadamente enfiou o celular no bolso. Celular no banheiro? Ha-ha-ha, me engana que eu gosto! Quando perguntei se ele tinha algo a esconder, ele só sorriu e foi embora. Tem alguma coisa errada! O que faço? Enfio a cabeça na terra e espero que isso passe ou parto para a investigação? Esses dias ele tem ido dormir antes do jornal e imediatamente começa a roncar. Isso é bom ou ruim?

A confusa Sílvia.

Queridíssima Sílvia,

Eu diria que é bom, porque quem ronca não tem o que esconder. Saia um pouco de casa, pare de tentar ser sempre tão certinha. A vida é muito curta para fidelidade eterna.

Pois é, minha querida, admito com certa vergonha que sou uma dessas vagabundas nas quais você meteu o pau. Já traí duas vezes o meu princípio de não paquerar homens casados. Mas também eu não conhecia as esposas. Faz uma diferença enorme! A primeira vez foi inevitável, nunca me arrependi, um cara lindo e bem-sucedido, com quem eu ainda hoje, quinze anos depois, continuo me encontrando para excitantes almoços regados a martínis, um programa que eu sempre toparia, mesmo se fosse bem casada. Nós não precisamos disso? Do fã eterno, que fica hipnotizado pela sua boca, tenta impacientemente se acomodar na cadeira enquanto almoça com você e te seguiria a qualquer canto, como um cachorrinho, num estalar de dedos? Estou convencida disso, ao menos. Então conheci sua mulher numa festa, e te juro que ela sabia. As fêmeas têm olhos de raios-X, ainda que reclamem toda noite de dor de cabeça. Depois ele se separou, mas adivinha? Eu me desinteressei totalmente.

Aninha.

Sua monstra, destruidora de lares, pecadora!

Te entendo um pouco. Já tive um fã, em quem penso às vezes com certa saudade, mas ele desapareceu... E como foi com o segundo?

A esposa.

Oi, mãezinha,

A segunda vez foi menos elegante. Infelizmente foi com um colega da redação, um repórter dom-juan que deixou meu número de telefone anotado em casa, se por algum acaso alguém precisasse falar com ele. Sem brincadeira, era um repórter e marido confiável, do jeitinho que sonhamos. Ela então ligou e me xingou de bocetuda, exatamente, a coisa realmente fica preta quando o maridão pula a cerca. Ele pediu transferência e eu aprendi a lição: companheiros de trabalho, nunca mais. Mas aí, na nossa idade, como fazemos para encontrar homens solteiros? Ou são gays, ou totalmente acabados, ou odeiam mulheres, ou já estão no segundo ou no terceiro casamento com uma loira de 26 anos. Eu precisava dar uma olhada nesses sites de paquera... você já fez isso? De repente tem um anúncio de alguém imperdível, hehe! O texto seria assim: "Homem ligeiramente grisalho, sexy, experiente, tolerante, romântico e generoso procura mulher sem filhos que queira ser adulada. Loira, jovem e rica seria bom..." *I'm sorry*, não consegui me segurar, mas no momento não estou te levando a sério...

A.

Olá, Ana,
Obrigada por arruinar meu dia, snif.
Sílvia.

Oh, Sílvia,

Respire fundo. E pense o seguinte: mesmo que ele esteja fazendo alguma coisa, não é nada que você também não faria. A fidelidade se deve, muitas vezes, à falta de opção.

A solteira ligeiramente cínica, Ana.

Ai, Ana,

Isso, pode rir à vontade, você é solteira. Você não conhece as alegrias e as agruras de um casamento. Desde que me casei, vejo o tema "amantes" com outros olhos, porque sei como se sente uma mulher traída – na merda, literalmente. Quando eu mesma fiz o papel da amante, mil anos atrás, queria sumir se visse a mulher do cara do outro lado da rua. Se eu a conhecesse e a achasse simpática, já era, terminava a relação na hora. Mas essas galinhazinhas não são assim, pelo contrário, uma aliança não quer dizer nada além de: ele é comprometido, portanto só pode ser um tesão. As piores são as de 36 a 42 anos, cujo relógio biológico disparado inunda o corpo de hormônios. Essas não têm piedade. Se essa mãe em potencial está a fim do seu homem, você dançou. O marido de uma amiga teve um caso passageiro – ledo engano – com uma colega. Ela fez um furo na camisinha e hoje ele é, involuntariamente, pai de gêmeos. Pensão alimentícia a perder de vista.

Um beijo da chocada Sílvia.

Sil,

Você conhece as histórias mais sinistras. Elas são realmente verdadeiras ou fruto da sua imaginação fértil?

Ana.

Ei, Aninha,

Tenho mais uma no estoque. Uma vez publiquei um anúncio em "Onde estão os homens, para onde eles foram?". Só apareceu porcaria. Um era juiz, tarado por amarrar mulheres, que levou um rolo de barbante ao encontro. Mas minha prima mais velha conheceu recentemente um cara na internet e agora quer se separar. Isso às vésperas das bodas de prata. A vida é uma merda.

Até breve, Sílvia.

Caramba, Sílvia,

Você está me deprimindo. Será que ainda existem homens para uma mulher como eu? Quem? Onde? Responda logo!

Ana.

Anjinho,

Conforme-se com o fato de que não há homens livres na nossa idade – estou sendo generosa, afinal, sou quase uma década mais nova que você, e sempre serei, ha-ha!

Desculpe. Quer um conselho? Você terá mais sucesso se abrir o leque, ou seja, se parar de procurar apenas um homem mais velho, mais alto, mais forte, mais inteligente e mais rico que você, e também conceder uma chance ao taxista sexy que há 28 anos tenta concluir sua tese sobre Hegel. Você também poderia dar mais trela quando um jovem operário assobia para você na rua, rs. Namorar via internet também não faria mal. *Go for it, girl.*

Sua amiga, Sílvia.

E mais, como já disse algumas vezes, a vida pode ser uma merda ou uma puta. O que você prefere? =)

Amiga,

A vida pode ser uma puta, mas eu não. Não estou correndo atrás de homens mais velhos. Pelo contrário. Graças a Deus! Voltando aos homens-ratos. Não se esqueça daqueles profissionais que se dizem solteiros quando saem para caçar. Ainda não existe uma tecnologia que, no primeiro beijo, acenda um luminoso na testa deles com o aviso: "Casado, eca!". O fato é que as pessoas são aquilo pelo que se fazem passar. Quem se apresenta como disponível vai virar caça. Pessoalmente, nunca daria em cima de um homem comprometido, mas ambos os meus casos (nenhum deles estava de aliança) me procuraram, e não o contrário. Ai, Deus, minto. O primeiro, o fofo, tirou ostensivamente a aliança antes de irmos para a cama. O anel ficou ali, como um sinalizador lindo e severo ao lado da embalagem da camisinha. Que imagem! Mas superei bem o ataque de culpa. Tive um amigo que duas vezes por mês emprestava seu apartamento ao seu melhor amigo (casado), para que ele pudesse curtir a amante com toda a calma do mundo. Para mim isso era absurdo, e nós discutíamos um tempão sobre o que é uma amizade verdadeira e se há obrigações morais. Vale ajudar o melhor amigo ou amiga no sexo traíra? *Partners in crime*?

Ana.

Oi, Ana,

Depende da situação. Hum, posso dizer que eu mesma colocaria minha casa à disposição de qualquer amiga para uma horinha de prazer, trocaria até a roupa de cama e desapareceria, mas só se não conhecesse o marido ou o achasse um idiota. Nesse caso, com o maior prazer, sou absolutamente solidária! Mulheres unidas por um bom orgasmo! =) Você, como eterna solteira, consegue entender isso?

Sílvia.

Olá, Sil,

Posso interromper rapidamente suas tiradas e observações engraçadinhas, meu anjo? Eu FUI casada. Duas vezes. Então pare de dizer sempre "você, como solteira". A verdade, e isso nós já discutimos um trilhão de vezes, é que eu, aparentemente, ou não tenho talento para esposa ou possuo a predisposição neurótica, como muitas outras de nós, para escolher os homens errados. Não entendo 100% a sua situação, mas tenho uma vaga ideia, ok? Um motivo para a minha rejeição ao casamento foi certamente também minha repulsa a, um belo dia, ter que pular a cerca. Mas compreendo que você deva fazer isso na sua condição. Pergunta inocente: o que significa fidelidade para você, e por que você a valoriza tanto? Não deveríamos abominar essa tal de exclusividade? Mesmo que a ideia de sentir ciúmes não me seja estranha, penso que ninguém pertence a ninguém.

A solteira moderna, graças a Deus

Ana,

Se você nunca sentiu ciúmes ou demonstrou sentimento de posse, você nunca amou.

Sílvia.

Querida Sílvia,

Sério? Você virou especialista? Ou agora escreve conselhos para revistas femininas? Se amor é isso, fico feliz de nunca ter amado.

Ana. S2

Querida Ana,

Quem nunca amou não viveu de verdade. =P

Sílvia.

Santo Deus, Sílvia,

Quanta filosofia! Até parece que você detém o monopólio do amor e do ciúme. Lembra-se do Peter, minha grande paixão? E do Dieter? E do Michi, meu primeiro ex-marido? Você não tem mais nada para fazer?

Ana, de passagem pela vida.

Oi, Ana, sua velhinha brava,

Claro que tenho outras coisas para fazer. Enquanto fui ao supermercado, meu filho ligou para um desses disque-sexo. Agora acabei de falar com um atendente engraçadinho da companhia telefônica, que ligou para cá pra saber meu CEP. Como não entendi nada, afinal, eles já têm meu endereço completo no cadastro, ele disse maliciosamente que teria que avisar a polícia. Quando confrontei meu filho – claro que ele primeiro negou tudo –, finalmente entendi a confusão. Então eu mesma procurei a polícia. O policial riu e falou que eu deveria esperar no máximo uma cobrança de 15 euros por minuto na conta telefônica. Vou descontar da mesada, como castigo. Ai. Ai. Ninguém prevê uma coisa dessas quando as criaturas ainda são pequenas e dormem fofinhas no seu colo.

Sil.

Ah, quando soube do que aconteceu, o pai dele, surpreendentemente, quase nem brigou. Muito estranho. Aliás, chequei várias vezes os números recém-discados no celular dele. Ou sou muito burra ou ele apagou todos os números e mensagens suspeitas. A coisa está ficando cada vez mais nebulosa. =(

Amiga Sílvia,

Garotos, fazer o quê? Você não teve ímpetos de dar-lhe uma na orelha? Ou interpreta esse comportamento como consequência desse mundo hipererotizado, como dizem os experts em educação? E por falar em hipererotizado, que tal esta pérola de perversidade que eu achei ontem: "Vovó gostosa procura homem para vagabundear!"? Sem brincadeira, pode olhar no caderno de TV. Está logo abaixo de uma propaganda de uma cadeira-elevador de escada, na qual está sentado um simpático vovô de bengala. ELE com certeza não vai responder ao anúncio, ou será que há uma chance? Fala sério, as vovós não eram antigamente mulheres que gostavam de ficar no conforto do lar tricotando peças complicadas e inúteis para os netos, tinham sempre chocolate quente e biscoitos caseiros para oferecer e usavam aqueles sapatos ortopédicos superpráticos e cardigãs bege-claros? Até isso vão tirar de nós? Talvez com vovós antiquadas assim os netinhos pensassem menos em ligar para um telessexo – acho que estou sonhando...

A.

Querida Ana,

É, você viajou. O espertinho se justificou assim: todos os meninos da classe ligaram para o disque-sexo "só para ver como é"...

Esgotada Sílvia.

Sílvia,

Muita calma nessa hora, respire fundo.

Um amigo me contou que durante um tempo recebia ligações de umas gostosas "prestativas". Uma vez ele resolveu ficar na linha e quando deu por si estava em transe, com o pau na mão e a calça molhada. Custou uns trocados, mas o investimento não foi tão ruim assim, segundo ele. Por que existem tão poucos senhores com voz bonita para quem se pode ligar?

E já que estamos falando de telefonemas... no seu lugar, eu esqueceria por ora os celulares e o disque-sexo. Sei que você não gosta muito de analisar, mas pergunte-se sinceramente: qual é o problema? Sofrimento? Medo de ser deixada e virar uma mãe solteira vegetativa? Concentre-se em você. Paralelamente, fique de antenas ligadas...

A.

Nossa, Ana,

Tem razão, assunto encerrado. Se ele está me traindo, não quero saber, porque provavelmente não conseguiria lidar com isso. Sobre o meu filho perturbado, com certeza tive vontade de socá-lo, principalmente porque imaginá-lo ao telefone de calças arreadas – ... não, nem pensar. Os homens ficam ridículos enquanto se masturbam, e eu também prefiro ignorar minha expressão nessa situação. Tive um namorado que fazia questão de me olhar nos olhos enquanto nos masturbávamos. Credo! Provavelmente sou muito careta, na verdade adoro fazer sexo no escuro. Você fica mais relaxada se não conhece bem o parceiro e não precisa se aprumar discretamente toda hora para disfarçar a flacidez da barriga e dos seios... e você se poupa de episódios como o que aconteceu com uma amiga. Ela estava na cama com um jovem tunisiano, que disse o seguinte ao acariciar suas pernas: "Chérie, suas coxas me lembram colinas na paisagem". A intenção foi boa, mas o elogio deu meio errado. Qual foi a coisa mais louca que você já fez com um homem? O meu sexo mais selvagem rolou ao som de cachorros latindo, à noite, no carro, com um homem de perna engessada. Claro que isso aconteceu há séculos. Hoje, só de pensar, me doem as costelas, rs.

S.

Ah, um namorado das antigas que não vejo há vinte anos acabou de me ligar. Está morando aqui e quer me encontrar. Admito que me empolguei um pouco, apesar de não fazer mais ideia se as nossas transas eram boas, ruins ou monótonas. Por que a gente esquece esse tipo de coisa, mas sabe direitinho quantos maridos a Liz Taylor teve? Sete. =)

Sílvia,

É verdade, armazenamos bem mais porcarias do que fatos importantes. Eu, por exemplo, ainda sei de cor o número de telefone dos meus principais namorados. Disquei um deles numa dessas noites alcoolizadas, e imagina só, o cara ainda morava lá, vinte anos depois! Ele mesmo atendeu, respondi "sou eu", e ele me reconheceu! Eu o teria agarrado por pura nostalgia, mas aí ouvi gritos de criança ao fundo e desliguei correndo.

Boa ideia a sua, isso mesmo, desencana. Melhor concentrar-se na busca de trabalho, você fala nisso há anos e nunca parte para a ação. Vai por mim, com uma atividade fora de casa, sua atenção vai migrar para outros assuntos. Por exemplo, sexo com seu novo lindo chefe, que, como todos os chefes hoje em dia, poderia ser seu filho. O que me remete à sua pergunta excitante e me presenteia com nostálgicas ondas de calor (NÃO como as da menopausa). O mais louco em se tratando de sexo? Na floresta, num lugar de acesso restrito, um divino dia de outono, eu deitada sobre deliciosos (e depois esmagados) cogumelos e a grama me pinicando. Foi maravilhoso, rimos muito. Como sinto falta do proibido, do frescor! A outra vez foi num banheiro de uma festa chique. Transamos de pé, como nos filmes, o vestido subiu (ainda bem que sempre gostei de vestidos), a calcinha desceu (primeiro com a mão, depois com o pé), ele só precisou abrir a calça... ah, enquanto isso a torneira ficava aberta, claro. Meus gemidos são às vezes meio altos, como você deve se lembrar da nossa viagem de mil anos atrás – você com o Andreas, eu com o Tommy, todos no mesmo quarto. Já fomos tão desencanadas, não? Será que isso volta aos 60?

Ana =*

✉

Oi, sua piranha,

Seus gemidos são *meio* altos? rs. Pelo que me lembro, as paredes tremiam quando você chegava lá. Ainda é assim?

Beijos, Sílvia.

✉

Oi, Sílvia,

Sim. Mas preciso dizer algo a respeito da crua luz da verdade. Existem sim amantes diurnos e noturnos (e ainda os soturnos, mas isso já é outra história). Sempre curti transar à tarde, enquanto os outros trabalham. Coxas flácidas não me incomodam tanto.

Você sabe que eu tive, durante cinco anos, um namorado doze anos mais novo. Isso três anos atrás. Ele adorava me visitar à tarde (há vantagens na vida de autônomo), e admito que eu regulava as persianas de forma que batia uma luz deliciosa na cama. Constatei então que a posição frango assado é bem favorável e complementar. Mas é alarmante o fato de que depois eu tentava me levantar da cama como uma bailarina desajeitada, da forma mais aerodinâmica possível, puxando o lençol para cobrir a bunda antes de finalmente conseguir entrar no banheiro.

Meus seios são apresentáveis, mas as coxas... dão à expressão "casca de laranja" um significado completamente novo. Por que enlouquecemos tanto com o nosso corpo? Isso me irrita!

Qual a sua intenção com o antigo namorado? Você tem que encontrá-lo! É uma ordem. Por curiosidade, nostalgia, ou só para relembrar o que te atraiu nele naquela época. Qual será a motivação dele? Não faça nada que eu não faria! Mas: você é mãe!

Beijão, Ana.

✉

Ah, Aninha,

Ri muito com o seu e-mail. Às vezes submetemos nossos parceiros de longa data a imagens terríveis mesmo. Já não me maquio no dia a dia, isso é normal, mas costumo circular com máscara de creme no rosto, uma vez acrescentei a isso os óculos fundo de garrafa (8 graus!), porque já havia tirado as lentes de contato. Mas ele também não se avexa em andar pela casa pelado e de meias. Escovamos os dentes ao mesmo tempo, apostamos pra ver quem gargareja mais rápido, ele corta as unhas na borda da banheira enquanto eu raspo as axilas no chuveiro, tudo supersexy. Mas depois de vinte anos juntos, não seria falso se fosse diferente? Será que chega um momento em que nos tornamos muito velhas e feias para fazer sexo? A partir de quando não podemos mais contar com a boa vontade alheia?

A confusa Sílvia.

✉

Nossa, Sílvia,

Quando houver um copo com Corega Tabs* no seu criado-mudo, eu diria, ou quando um dos dois não tiver vergonha de comprar fraldas

---

* Pastilha efervescente que, colocada em água, dá origem a uma solução para higienizar dentaduras e aparelhos dentários. (N. T.)

geriátricas. Cadeira de rodas também não é lá superestimulante. Ou será que sim?

Ana.

Olá, Ana,

Tive uma vez, aos 24 anos, um namorado cinquentão com quem só conseguia transar no escuro, depois de tomar uma garrafa de vinho. Um dia acordei e o vi à luz da manhã diante da cama, cutucando a perna. Ponho os óculos e só então entendo: ele está calçando uma meia elástica! Ele tinha varizes! Terminei na hora. Hoje, agora que cheguei a essa idade, eu teria sido mais complacente. Mas naquela época, jovem e imortal, fiquei totalmente enojada.

Bah...

Sílvia.

Oi, questionadora,

Vamos, deixe essas lembranças antigas pra lá, especialmente as lindas, perfeitas, elegantes, ainda que não seja fácil. Não dizem que o pensamento é livre e ninguém consegue detê-lo? Assim você pode idealizar quem você é e o que você quer. =)

Fui...

Ana.

Aninha,

Pensei agora naquela nossa noite a quatro, estávamos chapadas de maconha. Sexo era tão normal quanto respirar ou comer. Deitar num canto com alguém ao lado bastava para acontecer alguma coisa. Se a minha filha aprontasse um milésimo do que eu naquela época... eu a trancaria num convento! Vou ligar hoje para o antigo namorado e amanhã te conto. Provavelmente virou um gordo, perdeu os cabelos e não tem mais gás pra nada. Estou vagamente frustrada hoje. Minha vida anda me irritando. Alguma coisa precisa mudar. =(

Sílvia =*

Sílvia,

Boa ideia, mude de vida! Expulse seu marido, arrume um emprego, mande as crianças para um internato, vire freira ou professora, volte a estudar! Conte comigo, te apoio totalmente! E não se esqueça: as mulheres devem se esforçar o dobro dos homens para ganhar metade do reconhecimento.

Ana.

Pode crer, garota!

S.

Então, garota,

Queria só dizer algo sobre maconha, já que você tocou no assunto. Não sei ao certo por quê, mas uma velha amiga me deu um envelope e disse, com uma risadinha conspiradora: “Para você ficar mais relaxada”. O que quer que isso signifique, foi hilário. Dentro tinha um pouquinho de maconha, o suficiente para um baseado, e umas folhinhas de seda. Fazer o quê, o envelope continua aqui. Deu cagaço de usar porque sei que perco o controle e faço besteira. Na última vez, há cinco anos, fumei dois numa festa e fiquei tão chapada que não parava de rir, depois dormi doze horas seguidas. Queria ter agarrado um mocinho de cabelo comprido e cacheado que se parecia com meu primeiro namorado, o Frankie, e mais uma vez aproveitado, inebriada, a satisfação do sexo livre. Ah, os anos dourados de sexo, drogas e rock'n'roll! Por que essa combinação é tão imbatível?

Ana, a ex-hippie.

Querida hippie,

Essa "liberdade" toda de antigamente não seria fruto da nossa imaginação? Eu era mais certinha que você, mas também tenho uma trilha sonora interna que me transporta a outros tempos e me faz muito feliz...

Imagine all the people...

Garota de olhos azuis.

Querida idealista,

O que você diria aos seus filhos se algum deles aparecesse em casa com um pacotinho de haxixe? Mentiria se eles perguntassem se você já experimentou? Ah, *fuck drugs*! Nada que uma taça de Veuve Clicquot não resolva. Enrolei um baseado para os meus pais em Mallorca, eles estavam curiosos, e minha mãe, morrendo de rir, disse apenas: "Não sinto nada", um clássico. Foi bizarro. Meu pai, particularmente, gostou bastante. Mas ele, como todos os que lutaram na guerra, tende a ser um viciado.

Estou aqui me coçando para saber (seu telefone só dá ocupado), ligou para o bofe ou não? Reconheceu pela voz se ele era bom de cama? Acho que disso depende se esse encontro vai rolar, não é, sua safada?

A.

Oi, curiosaaaaaa,

Me sinto ridícula hoje. Meu encontro foi uma mistura de comédia e tragédia, temperada fortemente com ironia. Exatamente como eu temia, a idade falou mais alto, desculpa, preciso ir, meu amado acabou de chegar, as crianças estão impacientes, a lasanha quase queimou. Até mais tarde!

Sil.

✉

... espero seu relato ao lado de uma convidativa taça de Chardonnay californiano.

Ana.

✉

Oi, Ana =)

Voltei! Terminei a função, os lindinhos comeram, pus a louça na máquina. Tenho saudade daqueles tempos em que eu saía de casa de manhã e encontrava tudo arrumado e limpinho à noite, porque a faxineira vinha duas vezes por semana. Ser dona de casa cansa, e ninguém dá valor. Ninguém te elogia. Ninguém fala: nossa, Ana, que maravilha a limpeza que você fez hoje no banheiro. E sua lasanha está divina, ainda que seja congelada. Nada disso. Três horas na cozinha por causa de uma comida engolida em três minutos. Bem, três horas é exagero, meia hora, mas mesmo assim. Conte-me algo bacana, antes que eu afunde em melancolia.

Um abraço, Sílvia.

✉

Super Sílvia,

Você é a dona de casa mais linda, inteligente e engraçada que conheço no hemisfério norte. Sua lasanha é uma delícia, sua privada cheira a rosas, suas panelas brilham mais que as maçanetas do Palácio de Buckingham... deu, né? Como foi com o ex? hehe

Ana.

Oi, Ana,

Ele está pequeno e desajeitado, e enquanto caminhava em sua direção me lembrei de como era o sexo –, o pau dele é tão minúsculo que uma vez murmurei algo como "enfia" e ele respondeu, ofendido, que já tinha penetrado. Ri tanto dessa lembrança que a noite acabou sendo agradável. Não fosse o pênis-mirim, quem sabe? rs. Sorte que ele mora longe e vem pouco até o centro. Chega desse tema de ex-namorado. Ou devo chamá-lo de outra coisa, já que no fim não rolou nada?

Sílvia.

Pois é, Sílvia,

Se te interessa uma opinião imparcial de amiga, considero o tamanho médio mais confortável, uma das poucas situações em que a média é aceitável para mim. Existem algumas médias poderosas. Você não falou nada sobre os meus pais fumando maconha. Ficou chocada?

A.

Querida A,

Fiquei mesmo. Não consigo imaginar pais maconhados, pelo menos os meus. Eles sempre foram caretas e crentes, o que desencadeou brigas sérias na minha adolescência. Lembro de uma conversa com minha mãe aos 18 anos, quando ela me perguntou com quantos caras eu já tinha... "Três", respondi sinceramente, mas nem tanto. Ela empalideceu e falou para eu me cuidar, porque homens não gostam de capacho pisoteado. Isso mesmo, exatamente assim, e como a última palavra tinha sempre que ser minha, respondi que mulheres não gostam de pintos moles.

Só disse isso para irritá-la, e agora, duas décadas depois, acho que eu tinha razão. Nos meus tempos mais loucos me excitava com homens que já tinham dormido com mil mulheres, e eu também sempre me orgulhei dos meus dois dígitos de namorados. Quantos? Sei lá. Nunca contei, e você? Hoje a ideia de um homem monogâmico me atrai bem mais.

Julia, minha maravilhosa osteopata, contou de um amante superbom de cama que, de resto, era uma catástrofe. Sua teoria: ele compensava a falta de emprego e dinheiro com as habilidades sexuais. Que beleza poder bancar um homem assim, não?

Beijos, Sílvia.

✉

Com certeza! E sei o que estou falando, acredite. Só conheço esses sedutores homens-catástrofe que NUNCA poderia bancar! Sua mãe ainda é essa madame severa?

Ana.

✉

Ana,

Hoje em dia ela está bem mais esclarecida. Sou a filha mais velha, e ela, como te contei, era jovem e careta, e tudo isso foi um pouco demais. Fumei meu primeiro baseado aos 17 anos e depois subi e desci as escadas da estação de trem como uma doida, sem conseguir parar de rir. Mas ao inalar eu tossia tanto que perdia a vontade depois do primeiro trago. Uma vez experimentei cocaína, o que poderia ter se tornado um perigo se eu tivesse mais dinheiro na época.

Beijão, Sílvia.

✉

Amiga baladeira,

Bacana te ouvir falar desse jeito, porque pra mim você sempre foi uma *femme fatale* intocável. Sempre admirei isso porque, apesar de ter apavorado as repúblicas estudantis nos anos 70, me considero uma pessoa tímida. Olhando agora com certo distanciamento, essas orgias libertárias me parecem extremamente provincianas, cansativas e pouco eróticas. Principalmente porque tinham um quê de obrigação, já que ninguém queria parecer careta. Fui pra cama com três ou quatro caras (pouco para uma tarada, eu sei) para os quais eu nem teria olhado não fosse essa obsessão pela liberdade. O lado bom foi e continua sendo – em nome da emancipação – o alto grau de experimentação (sem medo da aids, mas com pílula anticoncepcional). Todos achavam que as mulheres podiam aprontar tanto quanto os homens. Claro que havia ciúme, mas, envergonhadas, tratávamos de escondê-lo. Uma filosofia bem acertada, até! Para mim, menina de família, educadinha e tímida, essa frequente troca de lençóis valeu ouro.

Aliás, lá em casa não se falava nem de relação sexual, quanto mais de sexo. Havia uma ameaça no ar de que era melhor não fazer para evitar filhos indesejados. Minha mãe teria preferido queimar seu terninho Chanel a me perguntar "com quantos caras eu já..." hehe.

Então, viva as repúblicas e bravo, sexo livre.

A rata de república.

✉

Querida comunitária,

Ahã, supertímida! Sinceramente, não é um alívio que tudo isso já tenha passado?

Sílvia.

✉

Oi, Sílvia,

Concordo. O que passou, passou. Mas flertar continua sendo mais do que uma elegante e divertida arte que não prejudica ninguém e ainda rejuvenesce, e também uma verdadeira forma de comunicação. Hoje não me relaciono mais com homens que não sabem flertar. Quem manda bem na paquera (com charme e uma sutil pitada erótica) não decepciona na cama, não é?

A paqueradora classe A.

Oi, xavequeira,

Escuta, você não vai nunca direto ao ponto? Conta logo sobre o tal do P!

Super curiosa Sílvia.

Ah, Sílvia,

Você leu meus pensamentos de novo. Bom, ele tem a minha idade, é engraçado e inteligente, age como se estivesse atrás de mim há séculos e lamentavelmente me chama de "broto". Na última vez em que nos encontramos ele soltou essa: "Que tal começarmos alguma coisa?" Aparentemente o senhor Original está tramando. Respondi secamente: "Tipo o quê?" "Ah, dar uns amassos", disse ele, todo fofo. "Como assim?", provoquei. "Ah, porque seria ótimo. Acho que formamos um par perfeito", argumentou, me olhando de um jeito bem provocante para os seus padrões. Bocejei em pensamento, tudo isso me parece, de alguma forma, coisa de partido conservador e terno cinza de 1963. Percebi então que, graças a Deus, ainda não "amadureci", quero viver no fantástico mundo dos pensamentos adolescentes, gaguejando de excitação, lançando olhares profundos e sentindo as axilas úmidas (sem falar de outros lugares). Ele deve ter achado que eu estava jogando charme. "Você ainda é um avião", completou na despedida. Não, não estou brincando! "Ah, obrigada pelo elogio", disse com uma ironia tão exagerada que até ele poderia entender. Mas não. Sabe, ele é superinteligente, mesmo. Mas no que diz respeito a mulheres, sexo e erotismo, se reduz a um príncipe desencantado. Ainda assim vou dar mais uma chance ao "sr. Broto".

Até mais, sua adolescente...

Olá, teen,

Pela minha experiência, o bom sexo é e sempre será um mistério. Me pergunto por que com um dá supercerto de primeira enquanto com outro mais bonito, engraçado e inteligente não rola de jeito nenhum. Minhas melhores transas aconteceram com homens que eu nunca cogitaria namorar, homens com quem eu só brigava, que me davam trabalho e me tratavam mal, homens, com o perdão da má palavra, feios pra caralho, e há muitos anos também houve alguns meio ensebados. Hoje eu fugiria deles aos gritos, mas antes nada disso me incomodava. Com o passar das décadas, minha mania de limpeza aumentou bastante, só em último caso deitaria sobre roupas de cama usadas por outras pessoas, enquanto naquela época, como você mesma lembrou, virávamos os lençóis do avesso a cada dois meses.

Há dez anos, em Las Vegas, me meti por acaso numa suruba. Meu hotel sediava a chamada Lifestyle Convention, ou seja, um troca-troca internacional com fachada de acontecimento social. Rolava de tudo em todos os quartos, onde havia grandes travessas com camisinhas, e uma bela manhã a curiosidade me levou a uma suíte onde um novelo de pessoas se esfregava e gemia na cama. Admito que aquilo me fascinou, mas quando um rosto masculino irrompeu do novelo e me perguntou "Ei, quer participar?", saí correndo a toda a velocidade.

Sou meio bundona sim no sexo, nunca transei com duas pessoas ao mesmo tempo, amarelei na última hora. Como na infância: depois da primeira barrigada na piscina, continuei subindo no trampolim, mas acabava descendo as escadas, envergonhada, apesar de toda a minha determinação.

No que diz respeito ao sr. Broto, as palavras podem matar o tesão. E quem me chama de avião jamais tocará minha lingerie.

Sílvia. =*

Que jogo duro, amiga!

Tenho certeza de que voltaremos a falar do sr. Broto. Não terminei com ele ainda, ele é simpático demais. Vamos ter que desacostumá-lo a dizer "avião" e "broto", não? Apesar de que preciso tomar cuidado com essas medidas de reeducação. Todas as mulheres precisam, já que somos geneticamente programadas não só para comprar sapatos, mas também para reclamar das coisas e teimar em melhorá-las. Esse tal de "mudar o homem" é um desperdício de energia. Isso nos transforma rapidamente no inimigo.

Não há nada que um homem mais odeie do que megeras reclamonas que parecem sua própria mãe. TUDO os remete à mãe, e nós, mulheres, temos que quebrar esse feitiço na primeira oportunidade. Uma amiga de 40 anos, que namora um garoto-enxaqueca que trabalha com cinema, reclamou comigo outro dia. Tirando o fato de que ele é meio mulherzinha, no sentido de que depende totalmente de elogios, de aceitação e de afirmação e fica reclamando pelos cantos quando ela não tem tempo, ele ainda disse: "Estou retrabalhando minha mãe com você". Isso é surpreendentemente sincero e consciente, mas, quer saber, não leva a uma ótima relação ou a sexo quente. Ele ronca, ela não conseguia dormir e deitou-se no outro quarto (sorte que havia outro quarto!) com tampões nos ouvidos. Ofendido (imagine-o de pijama, com os olhos inchados de tanto chorar), ele foi até a porta do outro quarto no meio da noite e disse: "Você não liga para mim. Não consigo dormir". Em vez de expulsá-lo, ela se desculpou e jurou melhorar. Vai entender as mulheres!

Um beijo reprovador da Ana.

Oi, Ana,

Sua amiga pertence às categorias "Procuram-se homens confusos" e "Pise, por favor, sou seu capacho". Entendo tão pouco quanto você...

Outro beijo reprovador da Sílvia.

Linda Sílvia,

Sério! Só crianças podem comportar-se assim. Isso me espanta. Sempre esquecemos como os homens são frágeis, medrosos e inseguros, como regridem e se reduzem rapidamente a meninos pendurados na barra da saia da mãe (e talvez também nos peitos dela!). É aí que está enterrado o mistério do poder feminino. Acho desonesto e nojento firmar-se na vida por meio da manipulação dos homens, processo que, inconscientemente, nos transforma na figura materna. Você tem um filho, que até onde eu sei é amoroso e carinhoso, ótimo. O que você lhe ensina sobre mães, mulheres, sobre você mesma? Ele te odeia às vezes? Desabafa com o pai?

Sempre quis ter um irmão... Ah, é a velha história, todas as mulheres que conheço gostariam de ter um irmão na esperança de que ele seria um grande protetor com o qual poderiam ensaiar o papel de princesa, enquanto as irmãs as apunhalam lentamente e ainda com gosto.

Mesmo assim: um viva à *sisterhood*, não?

A.

Oi, *sister*,

Tem razão, meu filho ainda é bastante carinhoso. Estranho isso às vezes porque ele já está alto e forte, cheira cada vez mais a homem e exibe uma protuberância cada vez maior entre as pernas. Ele gosta de vir ao meu quarto e aconchegar-se, e fico na dúvida se não deveria mandá-lo parar com isso, seria um horror se ele tivesse uma ereção na minha cama. Você acha isso anormal?

Espero que ele se torne um bom amante, que instintivamente aperte os botões certos em vez de ficar tateando as mulheres a esmo. A vida é mais fácil para um homem bom de cama, estou fortemente convencida disso. As mulheres satisfeitas retribuem, enquanto as insatisfeitas enchem o saco e pegam no pé. Desde pequeno meu filho se interessa por garotas, ele não será do tipo que evita uma bolsa feminina como o diabo foge da cruz.

Faça um teste, peça a um cara que pegue, digamos, um absorvente na sua bolsa. Ou um batom. E observe a expressão medrosa e contrariada com a qual um adulto se aventura no escurinho de uma bolsa. Como se fosse encontrar ali bichos ou absorventes usados. É também assim que ele reage à frase: "Querido, estou menstruada". Pânico, nojo! Mas quando um homem diz "Querida, acho que minha próstata cresceu", responderíamos: "Tadinho, deixa eu ver". Somos mais fortes, simplesmente.

Sílvia.

Oi, comediante,

Demais, os bichos na bolsa! Todas nós já tivemos um "episódio do absorvente" com um homem, não? Há muitos anos passei várias semanas no México com o Jan, só com uma mala pequena. Fiquei menstruada quando estávamos num vilarejo minúsculo. O Jan falava bem espanhol, então pedi que fosse procurar absorventes internos. Eu mesma teria descoberto sozinha, numa farmácia, a palavra "tampones", mas, enfim, os mexicanos são tão machistas que talvez nem saibam o que isso significa. Ele voltou uma hora depois com uma caixa de absorventes gigantes e contou que o mexicano da farmácia não entendeu o pedido, e que de qualquer forma eles não tinham Tampax para vender. Acho que ele pegou a primeira caixa que viu na prateleira, aliviado por não ter que pedir ao atendente. Perdi totalmente o contato com o Jan, mas sempre dou risada quando vejo uma senhora segurando um pacote de absorventes gigantes na drogaria... Nesse meio tempo, com certeza já existem Tampax em Xatlan, Oaxaca ou Popocatépetl, mas ainda faltam homens que os comprem para a mulher ou a namorada.

Talvez deva ser assim...

Beijinhos, Ana.

Oi, Sil,

Os "episódios do Tampax" também já mudaram. Minha filha passou por um desses com seu primeiro namorado. "Mãe, sabe como percebi que ele me ama?", me perguntou. "Quando meu Tampax escorregou lá para o fundo e ele o puxou sem reclamar." De alguma forma achei isso muito fofo.

Sílvia. =)

Olá, Sílvia,

Bom saber que a nova geração mete a mão e tem menos medo e nojo da vagina, e especialmente corajoso, já que ela agora também faz monólogos, hehe. Mas muitos povos, quando podem, ainda mutilam o clitóris. Isso não se deve ao nojo, mas a um medo ancestral do poder sexual da mulher devoradora. Vapt vupt, fazem os homens então, porque o que eles mais querem também é o que mais os assusta. Mas muitas mulheres também enfrentam problemas com o pênis. Em muitos casos não é inveja, mas adoração. Ou seja, elas privilegiam o senhor pinto em detrimento da senhorita vagina.

Ah, sr. Broto está me irritando. Depois de uma semana sem notícias, sem retornar minhas ligações, ele aparece com a seguinte desculpa esfarrapada: "Santo Deus, broto, você tem problemas. Eu só estava sem tempo". E daí? Todos estamos sem tempo. Ainda não vislumbro os amassos com ele.

Ana. =)

Ana,

No que diz respeito à tara pelo pênis, acho que na vida real todas nós preferimos o tamanho médio. Quando fiz 30 anos ganhei de uns colegas uma foto do Long Dong Silver, aquele ator pornô americano. O pau dele era tão grande que dava pra dar uns nós nele. Mas quando ele tinha uma ereção, a bazuca se enchia tanto de sangue que o deixava inconsciente, então o moço nunca aproveitava nada da festa.

Boa terça-feira!

Silvinha.

Ei,

Que chique, um pinto cheio de nós, melhor do que uma gravata posta errada. Está para nascer o cara que não acha seu pau maravilhoso e superimportante, não importa se o dito-cujo é torto, pequeno, avermelhado, azulado, flácido, grosso, curto – lembrando que tudo é relativo. Você viu aquele episódio de *Sex and the City* no qual a Samantha, aos prantos, se afunda numa rodada de coquetéis, porque quando finalmente foi para a cama com um gostosão, depois de ter segurado a onda durante mais do que cinco minutos, três dias inteiros, na verdade, descobriu que o pau dele parecia um pepininho em conserva? "Eu só gosto dos gigantescos", choramingou. "*Size matters*", dizem as americanas, para quem tudo se mede pelo tamanho. Lá também é o país do prolongamento artificial. Defendo a tese de que tudo depende de COMO se utiliza o instrumento. Ou não. O que nos remete a um clássico – adivinha? Começa com "b" e pode levar à experiência mais frustrante do mundo na cama. Acontece nas melhores famílias, com os homens mais potentes e as mulheres mais lindas (como eu!).

Sentido, prezada esposa!

Beijos, Ana.

Oi, Ana,

Oh, Deus, você está falando da síndrome do penduricalho, do espaguete mole? Pesadelo absoluto! Nada é mais irritante do que, com um homem na cama, perceber que algo está errado, que alguma coisa ali deveria ficar dura. Você dá uma de boazinha e finge normalidade durante um tempo, continua manipulando o bichinho, suspira e geme, na verdade de impaciência, esperando que aquilo soe como pura excitação. Aí chega o momento em que ele fala: "Hoje não é meu dia" e se encolhe, de alguma forma bravo e ofendido, e tudo o que você disser poderá ser usado contra você. Não faz mal, acontece com todos. Comigo nunca aconteceu, responde ele, e você pensa, então a culpa é minha? Podemos ficar agarradinhos, meu bem. Pior ainda, porque isso é para broxas, não para o garanhão que, com seu supermembro, vai te levar ao êxtase delirante. Se você tenta continuar, ele fica nervoso, se para, o deixa bravo. ODEIO HOMENS IMPOTENTES! Porque agem como se isso fosse o fim do mundo. E para todos chega a hora em que a cabeça funciona bem, mas o pau não sobe mais como antes. Não é tão ruim assim, me disseram umas amigas, mas ele tem que estar preparado. Como nós e a menopausa. Uma amiga teve uma onda de calor enquanto comíamos num restaurante italiano. Do nada, ela começou a pingar e se limpar com o guardanapo, e disse: "Queria estar pelada, de preferência na frente da geladeira aberta". Foi lindo. Já está acontecendo com você? rs.

Beijo, Sílvia.

✉

Querida especialista em pintos (posso falar assim?),

Antes de mais nada, voltemos à era do gelo. Oh, é verdade mesmo! Eu também, nessa vida não mais tão curta, me encontrei três vezes com o "espaguete mole", e posso afirmar que raramente deixamos esse território "inóspito" ilesas e saltitantes. Apesar de o humor curar e consertar tudo. Bom, os protagonistas foram dois advogados judeus nova-iorquinos, na minha fase de correspondente internacional, e um cara de Munique (que também não deixa de ser um estrangeiro). Isso te diz algo? Talvez o medo da mulher alemã – vista muitas vezes como a valquíria Waltraud* ou um tanque de guerra de saias – seja grande demais? O advogado número um, com quem tentei duas vezes, deixava o pau largado sobre os pentelhos. Primeiro ele agiu como se isso fosse normal, talvez na esperança de que eu encarasse como um típico costume judaico. Me concentrava então nos beijos e falava sobre o tempo, mas dava uma desculpa para voltar logo pra casa. Sinceramente, achava aquilo só ultramonótono, não chegava a afetar a minha autoestima ou meu *sex appeal*. Como ele era simpático e as relações germano-judaicas tendem a ser um tópico sensível, repetimos o programa – dessa vez, na minha cama – e obtivemos o mesmo resultado. De novo ele não estranhou nada... Uma amiga advogada que o conhecia há tempos era muito a fim dele. Mesmo comprometida, não resistiu à atração fatal e eles foram parar na cama. Adivinha o desfecho! Ela me ligou com a voz embargada e falou durante uma hora sobre o pinto mole e a maratona desesperada para acertar uma posição. Quanto contei a minha história com o molengo, ela se acalmou um pouco. Atentados em série, me parece.

Isso nunca me aconteceu na "maturidade"... pois é, a vida é uma merda, principalmente na juventude!

Aliás, Anne Bancroft, a maravilhosa Mrs. Robinson de *A primeira noite de um homem*, que seduz o inexperiente filho da vizinha (Dustin Hoffmann), morreu. Ela era sensacional, e, aos 38, considerada uma mulher "madura" naquela época! Mas quem não sonha em ser uma vizinha assim? Imagine se fosse com seu filho de 18 anos. Você me mataria, não? Infelizmente não há mais Mrs. Robinsons hoje em dia, só pornografia na internet...

Senhora Robinson

---

* Personagem das óperas *A valquíria* e *O crepúsculo dos deuses*, de *O anel dos niebelungos*, compostas pelo alemão Richard Wagner (1813-1883). (N. T.)

Prezada senhora,

Histórias fascinantes, meu anjo, mas não te perguntei em que pé estão teus "anos quentes"? Estou à procura de outro tipo de confissão!

Sílvia. ;)

Ok, ok,

Você quer saber se eu já comecei a suar? Não, graças a Deus não, apesar de já sentir os sintomas. Deve ser genético. Como se chama aquele livro? *Me olho no espelho e vejo minha mãe*. Então perguntei a ela. Nunca suou loucamente, mas ficava completamente depressiva, coisa que eu nunca notei quando adolescente, com exceção das suas variações de humor. Tudo começa com a insônia, a todo o vapor às 4 da manhã, você está totalmente desperta, nada para fazer, então você lê, faz chá de hortelã, pensa nas crueldades da vida, como o envelhecimento e por que nos últimos vinte anos você não usou luvas de borracha para lavar a louça, hoje você teria mãos de lady, não de empregada. Te juro que, só por causa da insônia, as duas próximas gerações de mulheres serão as mais cultas e espertas da humanidade. Sr. Broto telefonou, todo fofo, convidando para uma "prova horizontal". Estou aguardando uma cantada mais quente... hehe.

Beijocas, Ana.

Felizarda,

Agradeça por sua menopausa ser branda, porque quando ela te pega de jeito e você quer ou precisa abrir mão dos hormônios, terá duros anos pela frente. Anos longos, suados e insones.

Isso é pior ainda para as mães tardias, cujas filhas entram na puberdade exatamente nesse momento. Minha amiga Claudia estava com sua filha de 13 anos no McDonald's quando experimentou sua primeira onda de calor. Uma vaga de ardor e suor a inundou, enquanto Charlie devorava seu Big Mac e a encarava assustada. "Eca, mãe, você está horrível", disse, enquanto minha pobre amiga se mandava para o banheiro e enfiava a cara debaixo da torneira. Nessa idade as mães só ouvem mesmo quatro frases. Não vou vestir isso. Não vou comer isso. Não sei a que horas volto. Você me irrita, mãe. Claudia entrou então para a ioga e fundou um clube de mães chamado Tampax Voador. Bom nome, não?

Sílvia.

Olá, Sílvia,

Estou feliz por escapar dessa guerra hormonal entre mães e filhas! =)

Ana.

Ana,

Mães não escapam de nada! Independentemente da menopausa, filhas na puberdade podem ser o inferno na terra. Perguntas como "Mãe, você era mais bonita quando conheceu o papai?" são consideradas inofensivas. Não importa quanto você se ache bacana, para sua filha você é simplesmente constrangedora. Você a leva a uma festa e deve parar na esquina, de preferência sem sair do carro. O mesmo vale para a volta: fique no carro e não faça perguntas indiscretas, saque a carteira quando solicitada e, de resto, providencie casa, comida e roupa lavada – é isso que elas querem. Muito, muito ingratas, se você quer saber. Depois de todos os anos que passamos explicando o mundo para nossas filhas, nos tornamos agora as mais fracas. O processo de educá-las acabou. O sentimento do qual mais temos saudade agora só vem em pequenas porções. Ficamos com raiva, mas ninguém liga para isso. As filhas determinam se e quando podemos conversar, telefonam quando dá tempo, de resto, só e-mails frios. Elas batem a porta depois de uma briga e vão se encontrar com os amigos, enquanto nós afundamos a cara no travesseiro e rezamos para que o mundo acabe.

É uma fase de merda, e estou bem no meio dela. Mas vai passar...

Sílvia.

Oi, pobre mâmi,

Sua descrição das lindas criancinhas que na adolescência só pedem, pedem, pedem me lembrou de mim mesma. Também fui assim. Ficava revoltada de lavar louça e ir ao supermercado, e reclamava como se tivessem me pedido para carregar pelada um saco de carvão. Coitadinha da minha mãe! Um dia sua filha vai te pedir perdão, ou simplesmente ser muito, muito grata. Ou talvez não. A pergunta é: qual o sentido disso? Estou deprê, como você pode ver. Liguei para o meu pai, que tem 85 anos, e isso nunca é engraçado.

Beijos soturnos.

Ana.

Oi, Aninha,

No que diz respeito aos irritantes adolescentes egoístas, também fui um deles. Meus pais eram, para mim, a perfeita tradução de caretice e constrangimento. Ainda me lembro de uma festa em casa. Meus pais se refugiaram de propósito no cinema e na volta depararam com gente totalmente desconhecida, fumando, bebendo e se agarrando. A sala parecia uma explosão nuclear, e quando meu pai ensaiou reclamar de um buraco no tapete, rosnei: "Não faça uma cena por causa de um simples tapete". Eles se recolheram ao quarto e eu fiquei bravinha porque estragaram a minha linda festa.

Por isso proibi minha filha de trazer amigos na minha ausência. Só espero que ela obedeça, porque por experiência própria (e agora também de mãe) sei que o cérebro adolescente consiste em uma peneira mole – não escuta, não registra nada e esquece tudo imediatamente.

Um beijo da mãe sábia.

Oiê, sabichona,

Juventude não rima com moral! Há um filme americano antigo em que uma personagem atormentada pela filha terrível ouve a seguinte frase de uma amiga: "Pessoalmente, acho que os crocodilos têm a melhor noção de maternidade. Eles comem a cria". Aliás, você não falou nada sobre suas fantasias com adolescentes inexperientes, hehe.

Um beijo da croco.

Cara aligátor,

Nunca tive essas fantasias. Mas à medida que a idade avança, os homens que eventualmente me atrairiam também envelhecem, e como eu ainda não tenho tesão por carne caída e cabelos saindo por todos os poros, quem sabe? Uma amiga de 58 anos até recentemente só dormia com homens mais velhos. O recorde foi um de 84 anos, ela com 35, e quando as amigas arregalam os olhos, ela diz: "De pé. Na escrivaninha. Duas vezes". Você acha mesmo que o Johannes Heesters* consegue terminar uma transa?

Beijo, Sílvia.

Miss Sexo,

Iihhh, Johannes Heesters! Eu o vi há um ano num *talkshow* com uma esposa "jovem" – tudo é jovem comparado a 102 anos! Ele ainda estava

* Ator e cantor holandês, nascido em 1903 e radicado na Alemanha desde 1936. (N. T.)

cabeludo e cantou medonhamente com sua voz impostada de opereta. Tenho certeza de que as damas o acharam impressionante e viçoso. Elas poderiam dizer: "Pode esperar, daqui a vinte anos o Mick Jagger estará aqui, com plástica nos lábios, senão eles cairiam sobre o queixo, cantarolando 'Satisfaction'". Bem, rock é rock e não 'Weaner Madl'*, e se sobrar algo de nós e da nossa cultura, serão as melhores músicas daquela época. É assim e ponto! Por que razão uma mulher de 35 anos como sua amiga dorme com um velho de 84 é um dos maiores mistérios do universo. A menos que ela seja sua única herdeira!

Meu pai, que se achava o maior charmosão do pedaço, namorou aos 70 uma de 45 que para ele era "meio velha". Nas minhas visitas, ele falava, sem que eu perguntasse, sobre seu desempenho. Terrível, eu não queria saber! Mas olhava sua namorada de soslaio e tentava imaginar como os dois se viravam na cama. Quase lhe perguntei se ele só falava para se exibir ou se realmente rolava algo. Mas deixei pra lá. Pais, filhas e sexo não combinam de jeito nenhum, essa é a minha sentença. Nunca vou esquecer como meu pai ficou impaciente quando fui à minha primeira festa, aos 16 anos. "Não quero que você se envolva com esse tipo de homem que eu mesmo já fui um dia", ele me avisou, num raro momento de revelação. Não, papai, pode deixar. Eles são mais quentes e muito mais nocivos e ousados que você!

Tadinho do papai!

Beijos, Aninha.

Linda!

Há uma piada sobre esse tema: um casal de velhinhos está sentado no parque. De repente ela toma a bengala dele e dá-lhe uma na canela. "Ai!", grita ele. "Pra quê isso?" "Pelos sessenta anos de sexo ruim", diz ela. Ele se cala. Durante dez minutos. Então toma sua bengala de volta e

* Valsa do compositor austríaco Karl Michael Ziehrer (1843-1922). (N. T.)

acerta a canela dela. "Caramba!", reclama ela, "E isso, pra que foi?" "Porque você sabe a diferença."

Para encerrar, uma novidade. Já que você sempre diz que preciso de um emprego, estive numa entrevista no RH do jornal. Você sabe que eu não trabalhei só com compras, mas também tive uma rápida carreira de repórter. O chefe me cumprimentou da seguinte forma: "A senhora não quer realmente fazer isso consigo mesma na sua idade. Por favor, sente-se". Sentei-me e me esforcei para manter uma expressão jovial, mesmo querendo falar poucas e boas. Ele disse que retornaria. Talvez seja mais negócio ficar na minha área e dar uma olhada na cena fashion.

Estou meio deprimida. Me sinto velha e nada *cool*. =(

Sílvia.

Ah, Sil,

Não fique assim! Você ainda não tem um motivo real para isso. Calma.

Infelizmente, a neura pela juventude assume traços perversos e alarmantes, mesmo quando tentamos nos acalmar com o fato de que as quarentonas de hoje são as novas mulheres de 20, e as cinquentonas, como as de 35. Sua idade pode ser 45, mas pelo olhar distorcido da sociedade você tem 30! Além disso, você está ótima! Na minha longa carreira, passei pela infeliz experiência de ter um pirralho de 34 anos como redator-chefe, um sabichão que achava que podia distribuir migalhas às velhas derrotadas pela idade. Disso você só se salva com inteligência, piadas e muito charme, se quer saber. Regra geral para entrevistas de emprego: se os chefes são jovens, confunda-os com elogios, se são mulheres, tente não concorrer com elas. Seja objetiva e, quem sabe, maternal; se elas são mães, talvez isso ajude na empatia, se não – feche a boca!

Ana, a mulher que tudo sabe.

Oi, supergirl,

Obrigada pela dica. Vou puxar o saco do chefe adolescente e fazer cafunés maternais na chefe mulher (ela rosnaria: "Tire as patas do meu penteado"!), e ambos diriam na hora: "É ela quem procuramos!". Estou desanimada. Pra que tudo isso afinal? =(

Beijão, Sílvia.

Calma, calma...

Tive uma experiência interessante que, de alguma forma, joga uma luz sobre esse tema. Mergulhei ontem no mundo da arte, e isso despertou pensamentos loucos, não, mais do que isso, invejosos. Abriu outra exposição do Brücke, aquele grupo de pintores fundado em 1909. Simplesmente adoro esse movimento. Invejo a dedicação exclusiva dos pintores à sua arte, para eles nada mais existia, isso era sua vida. Que luxo, poder seguir a inspiração e o talento! Pensei nas jovens mulheres de hoje, para quem tudo é mais difícil. Esse mercado medonho – milhares não conseguem nem o primeiro emprego! – não facilita a busca por uma função real, útil e condizente com o talento delas. Talvez por isso elas pareçam sempre tão tristes e sem perspectivas. Acabei de falar com minha amiga Heide. Está preocupada com sua encantadora filha de 21 anos. Ela faz história da arte, mas apaixonou-se por um espanhol que a está afastando dos estudos. Como mãe, o que fazer?

Levantei a bola para você. Corta! ;)

Ana.

Oi, encasquetada,

Sim, você tem razão, não gostaria de ter 20 anos, pelo menos não hoje em dia. Séculos atrás, quando eu tinha essa idade, o céu era o limite, e depois de terminar a escola eu me perguntei: o que você quer fazer?

Neurocirurgia, teatro... Me decidi pelo magistrado, área do meu então namorado; nós iríamos fundar uma escola em algum lugar do sul. Tudo era possível, tudo era bacana. Vivemos esses anos dourados pensando que a vida continuaria sempre assim.

Minha filha presta vestibular no próximo ano, ainda não sabe para que curso, só fala em "relaxar num lugar de temperaturas amenas, mâmi". Parece bom, também quero. Deitar-se sob uma palmeira, fumar e grelhar um peixe à noite. Infelizmente não dá, porque preciso ganhar dinheiro. Às vezes esses jovens me dão pena. Temo que, se não acontecer um milagre ou uma brusca tomada de consciência, vão todos parar no seguro desemprego, catar folhas no parque, fundar firmas inúteis. Se isso for o futuro da minha princesa... Mas talvez ela vire mãe logo, acabou de chegar uma carta do hospital com uma conta de um teste de gravidez. Viro bicho com esse tipo de coisa. Nesses momentos é preciso focar em como eles foram bebês fofos, ou você jogaria sua cria na privada, se pudesse. Quero só ver como ela vai me explicar tudo quando voltar da escola.

Às vezes invejo sua vida de solteira. Só há uma pessoa para te irritar: você mesma.

Um beijo, Sil.

Ei, Sil,

E eu me irrito comigo mesma com frequência, acredite. Sabe, também vivi os anos dourados dessa forma, absolutamente sem fronteiras, tirando os caretas (e nazistas) – era como os víamos naquela época –, que, com suas lamentações e manias de guerra ("Vocês mesmos provocaram isso, então me poupem desse lixo", gritei uma vez aos 16 anos, na minha república), tentavam frear nossa afirmação pessoal. Hoje ignoramos solenemente que muitos esquentadinhos da minha geração se tornaram exatamente aquilo que tanto odiavam. Faltam inimigos a quem os jovens de hoje possam mostrar os dentes, como nós fizemos. A vida segue inerte, sem paixão, mas ao mesmo tempo esse "nada" provoca um estresse enorme, por isso sua filha só quer "relaxar" sossegada. Espero que ela não esteja grávida! Deve ser só mais uma da muitas perversidades da natureza, mães não tão jovens só tocam no assunto gravidez com suas filhas adolescentes quando o corpo delas já está desabrochando, e os hormônios praticamente estão apostando corrida pelas veias e pelos genes. O QUE exatamente estava pensando Deus – que era homem, ou não haveria esse *nonsense* – quando estabeleceu esse *timing*? Os povos primitivos lidavam com isso de outra forma, acho. Havia rituais ou coisas assim, em que as mães passavam a cria para a frente. Boa ideia.

Ainda não vou dizer: bom fim de semana, vovó. E não vá começar a tricotar sapatinhos de bebê, ok?

Bye, Ana.

Ah, sim, Ana,

Com certeza. Quando mães mais velhas têm filhas, a menopausa e a puberdade coincidem. Tampax Voador, como eu disse. Vamos ver quando chegará a minha vez, mas estou tranquila, não tenho esse apego todo ao "meu sangue", como uma amiga lésbica sempre diz. Ela não menstrua já há tempos, e isso a deixa deprimida. Antigamente ela combinava de menstruar no chão com as amigas durante "a luar", sim, esse tipo de coisa existe por essas bandas, ou enterrava um tampax usado no jardim de quem a irritava. Uma espécie de macumba. Sim, "a" luar, você ouviu certo. Para elas, o luar é feminino. Agora, as boas notícias. Minha filha não está grávida, graças a Deus, ufa! Claro que estou aliviada, apesar de que um netinho não seria nenhuma catástrofe, como drogas ou um babaca como genro. Ela pôs um jovenzinho "na condicional", ou seja, promove os testes mais engenhosos com o infeliz para checar se ele a ama de verdade. Hoje de manhã, por exemplo, ele apareceu aqui às 11 horas (minha filha dorme nos finais de semana até a tardinha) porque ela "mandou" que ele se deitasse ao seu lado. Como ela está naqueles dias, não iria acontecer nada de mais, mas achei tudo muito estranho. Ele veio, ficou uma horinha e foi embora com um sorrisinho nos lábios. Uma amiga contou que sua filha de 16 anos está sofrendo porque é a única virgem da turma. Ela pediu aos pais que desapareçam no fim de semana porque elegeu um colega de classe para a estreia, rs.

Que tal?

Sílvia.

Oh, Silvinha, você é ótima!

Enterrar Tampax no jardim do vizinho, como um cachorro faz com seu osso. Deve ter algo a ver com brincar de esconde-esconde. Uma graça! "A luar" é certamente a expressão mais estranha que já ouvi. Presumo então que devamos dizer "a sol" e "a planeta". Não suporto essa mania besta de pseudofeministas e afins, como as lésbicas-de-cabelo-assimétrico-um-brinco-e-zero-sutiã, de falar tudo no feminino. Conheço algumas lésbicas, mas elas fazem mais o tipo punk, agressivo e masculino. Pertenço àquelas mulheres "tontas" incapazes de reconhecer homossexuais à distância, talvez porque isso não me interesse tanto. Sou tão inocente que não percebi a investida de uma estudante libanesa bissexual até que, quando dei por mim, estava sem blusa. Calma, calma! Não tire conclusões precipitadas! *May I explain*? Para começar, ela era superesperta e talentosa, jornalista, uns dez anos mais jovem que eu, muito sensual, lábios carnudos, elegante etc. Sempre mencionava que gostava de ficar com mulheres, apesar de viver com um namorado israelense bem durão. Eu sorria educadamente e dizia "interessante", mas mudava de assunto. Bem, uma vez tomávamos chá no meu apartamento em Nova York e ela, habilmente, começou a me fotografar. Está bem, por que não, ela voltaria logo a Tel Aviv, e qual o problema de tirar uma foto de sua amiga alemã? Normal. "Quer tirar a blusa?", perguntou. Um pedido não muito comum entre mulheres, na verdade. Imagine só, estamos na sua casa tomando uma taça de vinho e eu digo: "Queria te ver de lingerie, linda!" Pois é, mas você sabe, não tenho problemas para tirar a roupa depois de anos morando em república e uma rápida experiência como modelo aos 23, que incluiu fotos de calcinha. Tirei a camisa, meio rindo – estava sem sutiã –, e posei, mãos nos quadris, olhando sexy para a câmera. Então, quando ela se aproximou e me olhou por cima da câmera, percebi claramente o olhar lascivo, como se ela estivesse pronta para me agarrar a qualquer momento; trovejou, eu me assustei e, sorrindo, vesti rapidamente a camisa, enquanto balbuciava "brrrrr". O apartamento estava superaquecido, era dezembro, e na verdade eu sentia mais calor do que frio. Ela me olhou meio achando graça, meio decepcionada, e nós tomamos nosso chazinho. Está aí minha experiência lésbica. Ainda tenho as fotos! Não ficaram ruins. Depois conheci um casal bastante divertido, uma era saxofonista de uma ótima banda de rock feminina que parecia uma versão acabada e cínica da Michelle Pfeiffer, e a outra, morena de cabelos cacheados e sardas, dirigia uma galeria de arte. Cara, que casal *power*! Se comportavam exatamente como héteros, as mesmas encheções de saco, ciumeiras, ameaças, crises e manipulações.

Um beijão da (infelizmente) não lésbica Ana.

Oi, Lessie,

Uma vez decidi virar lésbica quando ficasse velha. Atualmente várias mulheres maduras, cujos maridos morreram ou estão sob cuidados de uma jovem russa interesseira, procuram uma parceira ou se deixam encontrar por ela para envelhecerem juntas. Isso quase não se nota, porque velhas nem pensam mais em sexo, ao contrário dos velhos, que quando se encontram só falam disso. Mas como vivenciei de perto o lesbianismo de uma amiga, com todas as suas picuinhas e brigas, achei por bem me tornar uma freira feliz na velhice. Ou então uma assexuada, isso parece estar na moda, por toda parte vejo reportagens sobre pessoas horríveis que nunca transaram e também não sentem falta.

Mas quem sabe na viuvez eu encontre um jamaicano gostoso e desabroche novamente. O sexo é sobrevalorizado, não acha? Penso que, se você não pratica, esquece que ele existe. Mas, se encontra alguém que te agrada, volta a se comportar como se tivesse 15 anos. Ou não? Qual foi a última vez que você se sentiu como uma adolescente? Comigo já faz um tempão, foi quando entrevistei o BAP*.

Beijinhos, Sílvia.

Oi, escrava do sexo,

Essa história com o jamaicano seria uma possibilidade. Queria ter neste segundo um desses sentado, de pé ou deitado por aqui. Me irritei de novo com sr. Broto. De alguma forma, ele é um puto. Começa todas as frases com "Santo Deus, broto", me sinto nos anos 50. Não me refiro só à época em que senhores desajeitados davam palmadas na bunda da secretária de vestido e cinto largo, eu ME SINTO com cinquenta anos. Tínhamos combinado, fui à casa dele. Jantamos uma sopa péssima e torteloni com um molho pesado. Daí sentamos no sofá e ele ficou me encarando como um cocker spaniel esperando para brincar. Percebi que não estava mais a fim, e ele ainda disse: "Olha, você precisa tomar a iniciativa ou não vai acontecer nada entre a gente, sou meio travado", e me deu um tapinha no joelho, como um tarado trêmulo. "Isso por acaso deu certo nos últimos dez anos?", perguntei. "Ah, sim, com certeza", disse ele, orgulhoso. "Então pode ligar para as mulheres que caíram nessa", sugeri, porque decerto eu não era uma delas. Falei meio num tom de brincadeira, afastei a mão dele e pensei: isso não pode estar acontecendo. Fui embora logo depois, mas sabe o quê? Estava incrivelmente decepcionada (e só um pouquinho aliviada). Já contava tanto com aquele sentimento excitante! A primeira vez com um novo homem, depois de quase dois anos de pausa sexual!

Grrr! Frustrada Ana.

* Banda alemã de rock. (N. T.)

Oh minha frustradinha,

Ah, calma, uma hora vai dar certo. E logo. Já posso sentir. Tente não pensar tanto! Deixe-se levar e fique quieta! Com certeza você ainda é um furacão! =)

Sílvia.

Ai, Sílvia...

Na verdade tenho cagaço. Sexo é como qualquer outro talento, se você deixa de exercitar durante muito tempo, acaba achando que não sabe mais fazer e só passa vergonha. Mesmo assim não há nada mais emocionante neste mundo do que dormir com um novo homem. Toda vez me sinto como uma adolescente. Você fica ali, naquela conversinha fiada, uma inquietação, o corpo tenso, as piscadas, desvia o olhar, mexe nos cabelos, a risada soa falsa, você age como se o papo estivesse altamente interessante enquanto imagina: "Como vai ser? Que tipo de amante ele é? Fogoso, delicado, sensível, sensual, bruto, estranho, barulhento, rápido, forte, quente, talentoso, tempestuoso, monótono?" E ele, o que pensa? O que passa pela cabeça dos homens? Perguntei a alguns. Eles também ficam nervosos, se preocupam com o desempenho e em como disfarçar o desejo animal para não parecerem tão primitivos. E, comigo, com certeza ainda se perguntam: "Mas por que ela não para de tagarelar?" Sou mestre em esticar as coisas, só para adiar um pouco mais a deliciosa hora da verdade que me aguarda. Ah, maravilhoso! E esse homenzinho sem sal, agora tão importante para mim quanto o chaveiro da esquina, tenta abrir o cadeado sem girar a chave. *Fuck him!* Ou muito antes pelo contrário!

Preciso de alguém novo!

Beijos da decidida e levemente trancada Ana.

Yes Aninha,

Concordo, você precisa de um novo homem, melhor dizendo, você precisa de sexo bom, endorfina te faria bem. Dá para notar que você ficou tanto tempo sem... "ser comida" é uma expressão péssima que eu não gostaria de usar, mas é por aí. Quer ajuda? Seria então um homem da sua idade, ou seja, entre cinquenta e sessenta – ou você procura um moleque? –, e isso é mais raro que uma trufa ou um trevo de quatro folhas, a não ser que você aceite um marido "pulador de cerca", como dizem. Isso tem de sobra em todas as idades, basta garimpar. Qual o seu critério de busca: ombros largos que te acolham, um acompanhante para sair, um trabalhador braçal, sexo quente? Neste último caso, e somente neste, escolha um marido mal servido, ele será eternamente grato. Como mostra minha própria experiência como esposa, casamento não é sinônimo de sexo quente. Enfim. Você quer um homem e vai tê-lo. Veja no livro *Quando os príncipes encantados se tornam um problema*, de Peter Sandmeyer, o que ele diz sobre a busca de um parceiro pela internet. O mais importante: os sapos também merecem uma chance, alguns devem ser beijados duas vezes antes de virar príncipes!

Boa sorte.

S.

Sílvia, sem mais adjetivos,

Fala sério, você pirou? *Sorry*, mas preciso ir direto ao ponto. Bom, em primeiro lugar estou radiante, a falta de endorfina passou longe, porque, ao contrário de você (vou me abster de comentários sobre a barriga e os culotes), eu faço ioga E NÃO FUMO!! E talvez até tenha dez vezes mais orgasmos diariamente, qualquer que seja o meio, do que você nos seus sonhos mais loucos, enquanto se entedia na cama com seu tesourinho e internamente conta os carneirinhos do sexo e pensa no seu jamaicano de pau grande. Só para esclarecer. Vou também dispensar comentários sobre o seu marido... Adoro quando as esposas, só porque têm uma aliança no dedo e um homem em casa, que na verdade elas preferiam *fora* de casa, resolvem dar dicas sábias às solteiras. E ainda sentem pena. Como quem pensa: "Tenho entradas permanentes para o teatro", onde, no entanto, se encenam peças de segunda categoria, e nós, pobres, pobres solteiras, que somos, segundo as estatísticas, as pessoas mais invejadas, podemos só às vezes assistir a uma apresentação. Prefiro ir a uma estreia de gala cheia de gente estrelada muito de vez em quando a ter entradas permanentes para o teatrinho da esquina!

E não, não quero nenhum homem entre 50 e 60! Consigo coisa melhor e mais jovem, como sempre foi o caso até hoje. Não estou à procura da poção mágica da juventude, e ainda não quero refletir sobre isso, a hora vai chegar sozinha. Sempre pensamos que os homens detêm o monopólio desse sentimento. As mulheres também sentem orgulho e necessidade de colecionar provas de sua virilidade e poder sexual. E isso tudo desaparece rapidinho quando se ultrapassa os 45 anos. Claro que as esposas escondem todos esses sentimentos no porão, onde ficam à deriva – *sorry*, não estou falando necessariamente de você.

E, finalmente, não leio essa literatura "de mulher" sobre namorar e como arrumar homem, acho tudo isso péssimo. Se as mulheres confiassem na sua intuição, a começar por despertá-la dentro de si, já que aparentemente ela está hibernando há séculos, essas autoras estariam falidas há tempos. E se eu ouvir mais uma vez qualquer metáfora sobre sapos, príncipes e beijos ou alguém escrever mais um livro do tipo *Por que os homens constroem submarinos enquanto as mulheres tricotam protetores de orelha para pinguins*, vou virar terrorista.

É isso. Não quis ser grossa. Mas somos modernas e sinceras, certo?

A incomodada Ana.

Calma lá!

Por que você está tão incomodada? Porque acertei em cheio? Quem se defende só se acusa, diz o belo ditado. Se você se sente melhor ao censurar o meu sexo básico de todo dia, como quem diz "Pode tomar toda noite sua sopinha de ervilha com minisalsicha, prefiro uma vez por ano degustar um menu sofisticado acompanhado de superorgasmos", vá em frente, estou tranquila. Sei quantas vezes você ficou frustrada em casa só porque algum desses caras casados não te ligou. Deus, fui EU, não vá se esquecer, quem subiu com você no telhado daquela casa burguesa de condomínio para enfiar pela chaminé o microfone que você pegou emprestado de um detetive búlgaro, só para descobrir se seu amante ainda dormia com a mulher ou não. O aparelho foi parar na lareira da sala, mas deu para ouvir direitinho... já esqueceu? Já esqueceu o papelão quando Boris, seu colega de trabalho, transou com você justamente na noite em que sua mulher, internada na clínica, emplacou trigêmeos na inseminação artificial? Depois a gente morreu de rir, porque a vida escreve os melhores roteiros, mas quando aconteceu tive que esconder seu celular para te impedir de mandar torpedos para ele a cada minuto. Você não me engana, te conheço bem demais. Você fica realmente desesperada às vezes. Você transa bem menos do que gostaria. Você inveja minha relação com meu marido, ainda que nós não façamos mais aquele sexo acrobático. Sim, às vezes é tão excitante quanto uma ducha fria, mas quando estou com vontade sempre há alguém ao meu lado com vontade também. E sou grata por isso. E se você não tivesse sido tão exigente antes, quando era mais jovem, mais bonita e naturalmente loira, teria deixado para trás ao menos três divórcios lucrativos e não ficaria se irritando com seu contador.

Beijão, Sílvia.

✉

Não posso acreditar, Sílvia!!!!!!

Como é? COMO É? Vá escrever novelas! Estou boquiaberta com seus ataques baratos e baixos, e mais, se eu não estivesse agora em Sylt*, iria correndo até sua casa e te falaria tantas verdades por causa dessas

---

* Ilha alemã no mar do Norte. (N. T.)

mentiras descaradas, que seu queixo cairia e nunca mais voltaria ao lugar. Acho absolutamente asquerosa e injusta a forma como você jogou essas coisas na minha cara e traiu minha confiança. Ao ler essas besteiras, parece que sou uma mulher burra e desesperada que por motivos patológicos só dá em cima de homens casados. Qual o problema de ficar frustrada em casa esperando um telefonema? (O homem em questão vivia separado da mulher!!) Você conhece bem essa sensação, ou sua memória está falhando de repente? Há sete anos, na sua enorme crise conjugal, seu marido se mudou, quer dizer, simplesmente não voltou para casa e ficou quase meio ano morando com a Karin, que ainda ficou grávida, lembra? Você reclamava como uma viúva italiana e vivia praticamente ao lado do telefone, e no começo me mandou duas vezes atrás dele, quando ainda não sabia onde ele estava! Essa historinha com o microfone, bem engraçada até, foi ideia SUA, minha querida, e demos tanta risada que quase caímos do telhado, *remember*? Totalmente equivocada a sua versão sobre os trigêmeos! Em primeiro lugar, eram gêmeos e eu não sabia da existência deles, em segundo, eu tinha 22 anos e estava na fase radical e revolucionária, na qual possivelmente teria ignorado o fato. Interessante que você misturou torpedos na história, porque não havia celular naquela época! Os únicos torpedos que eu mandei na sua presença foram ao Andy, que era doce, sexy e solteiro. Talvez eu tenha exagerado e sido um pouco ridícula, e daí?

Surpresa Ana.

Oiê, surpresa,

Penso realmente que você exagera com frequência, e isso é um jeito brando de dizer. Mas por que digo isso? Não sou sua babá ou guarda-costas pessoal.

Beijos, Sílvia.

Sério, querida Sílvia?

Exagero? Não fui eu quem pegou emprestado um casaco de pele para vestir por cima de uma lingerie vermelho-sangue, tomou um táxi e foi até a cidade vizinha para seduzir o diretor do corpo de bombeiros, né? Apesar de que, sinceramente, te admirei por ter feito isso.

Muito, muito cruel – mas as mulheres são assim mesmo – seu comentário sobre o contador... Sim, talvez se eu fosse uma burguesinha acomodada e desesperada (não vou dizer "como você" porque não seria 100% verdadeiro), que não liga para quem está deitado ao seu lado, teria de fato tomado as providências. Mas as três separações virariam motivo de orgulho? Não reprima seus próprios medos projetando-os em mim. Olhe bem. Também no seu mundo perfeito há manchas na alma e muitos sonhos não vividos... e os problemas da sua filha também não vieram do nada.

Estou chocada com você e me pergunto há quanto tempo vem armazenando todas essas agressões contra mim. =(

Ana.

Lindinha,

Volte a tomar seus hormônios. Você soa como uma bruxa que usou ecstasy. Extrato de cassis parece funcionar contra variações de humor.

Sílvia. =)

Oi, Sílvia,

Fiquei esse tempo todo sem escrever porque sinceramente não sabia o que responder depois do seu típico e-mail "bem-humorado". Primeiro você ataca as pessoas, e quando acabam seus argumentos você distorce tudo, como se não tivesse dito nada daquilo. Às vezes perco a paciência com esse truque e com a falta de sinceridade... E, além disso, não tomo mais hormônios, como você bem sabe, tá? Quando ouvi falar dessa pesquisa americana bateu um medo tão grande que parei imediatamente. Sinceramente, não senti a menor diferença. Continuo dormindo mal e com vontade de matar alguém uma vez por mês. Nesse caso, esse alguém é VOCÊ!

Lara Croft, de revólver na mão.

Sim, sim, tem razão, Lara!

O e-mail foi um pouquinho cruel, mas você às vezes é tão arrogante e perfeita que chega a me irritar. Mas suas palavras não são exatamente como delicadas carícias ou uma caixa de bombons finos, minha querida. Ainda estou soluçando. As mulheres são bestas sanguinárias...

Sílvia.

Oi, Sílvia,

Engraçado você mencionar as mulheres. Ultimamente tenho pensado bastante sobre as mulheres, as amigas e nossa vida estranha e distorcida, cheia de regras sinistras. O gancho foi um encontro com uma velha amiga, com quem não tive nenhum contato nos últimos quinze anos. De repente ela telefona, conversamos durante horas e marcamos de nos ver. Ela já me avisou ao telefone que estava "um pouco cheinha". Sempre foi uma mulher muito bonita, com cabelos loiros e volumosos e uma silhueta esbelta. Não é louco como de antemão já tentamos evitar uma má impressão? Imagina só, Peter fala para Klaus: "Olha, não se espante quando nos encontrarmos para tomar cerveja, minha barriga parece a de uma grávida de oito meses e minha cabeça, um descampado onde não nasce mais grama nenhuma". Tudo como quem diz "Espero que você goste de mim mesmo assim". Só é permitido amar o que é jovem, magro e belo? Que sinistro, que cruel, não?

Ana, a elegante.

Oi, esqueletinho velho!

Verdade essa história dos olhos críticos. Como mãe de uma menina você ainda deve tomar cuidado para não soltar observações idiotas sobre comida e aparência, como por exemplo: "A Heidi Klum com certeza não te escolherá para ser a próxima top model se você continuar comendo frituras e logo de manhã detonar pacotes inteiros de biscoitos recheados".* Minha língua até coça às vezes. E? Encontrou enfim a gorducha?

Ana.

Olá, Sílvia,

Sim, ela está redonda, principalmente no rosto e ao redor da barriga. Alguns definiriam isso como gordura, mas seria de alguma forma errado, soa tão humilhante! Sabe o que ela disse logo de cara? Típico de mulherzinha: "É, seu rosto também está bem mais cheinho". Pode até ser, já que perto dos 50 suas bochechas se assemelham mais às de um porquinho do que às de uma deusa, e tive que rir, mas pensei em como nos comunicamos por códigos. Talvez seja por isso que os homens não nos entendem e queiram, malditos sejam, nos matar e esquartejar. Os jornais publicaram nos últimos dez dias várias histórias de homens que assassinaram brutalmente suas mulheres e namoradas e as enfiaram em sacos de lixo. Tudo por puro ódio, raiva e desespero – e porque a mulher queria deixá-los. Ruim com elas, pior sem elas.

E você? Se acalmou a ponto de conseguir me contar como continua a novela do seu casamento? Ou você descobriu um saco de lixo preto no quarto, mais ou menos do seu tamanho? Teria merecido... =P

Ana.

* Referência ao reality show *Germany's Next Top Model*, apresentado pela modelo alemã Heidi Klum. (N. T.)

Oi, macabra,

Ai que medo, que e-mail sinistro, esse seu humor negro está relacionado ao fato de eu ter te receitado extrato de cassis ou à falta de sexo? Sério, por favor, meu anjo. Ou você também esquece que sexo existe quando fica muito tempo sem fazer? Meu desejo caiu num sono de Bela Adormecida, mas despertaria a qualquer momento se alguém, meu marido ou outro qualquer, se esforçasse um pouco. Ah, não, não esse tema penoso de novo. Que bom que você não sente ondas de calor, estou atualmente cercada por amigas mais velhas que, exatamente como você, têm medo de tomar hormônios e por isso se afogam em suor e lágrimas. Pergunta frequente: "Está quente aqui, não acha?" Tenho certeza de que, quando a nossa chanceler Angela Merkel chegar à menopausa (se é que não chegou ainda), vai começar imediatamente a tomar hormônios, a menos que queira se abanar com um leque enquanto discursa no Parlamento. O que seria uma ideia bem interessante do ponto de vista da emancipação. Sim, tenho 50 e poucos anos e ondas de calor, mas sou a chanceler deste país, por isso acostumem-se.

Também não sei se deveríamos agir como se não estivéssemos envelhecendo a cada dia que passa. Minha vizinha fez uma lipo semana passada, mas só na frente, as costas ainda são uma borracharia, vire-se e você entenderá o que estou falando. De qualquer forma, a pilha de pneus será lipoaspirada daqui a três meses. Uma colega fez plástica nos olhos, agora seu rosto de meia-idade exibe uma expressão infantil. Já ouviu falar em plástica nos grandes lábios? Essa gente é doida ou o quê? Bette Davis tem razão – envelhecer não é para covardes! Você teria coragem?

Beijos, Sílvia.

Olá, Sílvia,

Essa coisa de fazer lipo é perversa. Pratique esporte, gente! Nos Estados Unidos vi muitos anúncios de jornal sobre rejuvenescimento vaginal, e as pessoas se perguntavam se alguma mulher realmente chegou a ir ao consultório de algum cirurgião plástico e descreveu alegremente a seguinte situação: "Meus grandes lábios estão meio caídos, quero reconquistar aquele biquinho jovial que eu amava e que fazia tanto sucesso". Fico imaginando como seria a conversa de dois homens num bar: "Cara, saí com uma mulher linda, supersexy, ela tinha 40 e poucos, mas a boceta era menor de idade! Uma viagem!" hehe.

As mulheres têm problemas. Essa mutilação precisa acabar. Acho muito mais bacana o jeito como uma amiga está lidando com o câncer de mama. Acabei de visitá-la em Frankfurt. Já faz dois anos que retiraram um de seus seios. Ela me contou que, há três semanas, entrou no mar de topless. "Se eu consigo suportar, os outros também conseguem." Achei superforte, maravilhoso, acho que foi Ingeborg Bachmann*, também uma mulher difícil, quem disse: "A verdade é exigente". Aos 55 anos, minha amiga também não está a fim de "reconstruir" o seio, sei lá como se chama isso. Seria, literalmente, um peito falso. O que você faria no lugar dela?

Beijos, Ana.

Oi, Ana,

Eu não dispensaria um peito novo, acho. É um assunto triste, porque quanto mais velha você fica, mais mulheres conhece com câncer de mama...

Não gosto de pensar nisso. Espero que Deus, na sua justiça, me poupe.

Sílvia, a infeliz. =(

* Poeta e escritora austríaca (1926-1973). (N. T.)

Oi, Sílvia,

É assustador, mas também uma triste ironia, que o câncer de mama seja uma das maiores causas de mortalidade entre as mulheres. Elas adoecem na parte do corpo mais importante, que mais as define social e sexualmente, e é a segunda colocada na preferência masculina – mesmo que eles contestem (homens e mulheres). Será que ainda estamos sendo castigadas por um Deus não tão justo assim porque Eva se comportou mal no paraíso? Também existe câncer de próstata, mas não tem o mesmo peso, e só os velhos adoecem disso. Maldito mundo injusto, né!

Você já notou que estou supersensível e meio intelectual... talvez seja mesmo porque estou transando pouco. Ele, sr. Broto, apareceu de novo e lançou uma indireta de que deveríamos "fazer". Me dá nos nervos. Minha resposta é automática: "Fazer o quê?"

Acho que sou um caso perdido... Cara, já estive entre as vinte mulheres mais desejadas da cidade – e ela é grande. Por que não investi na carreira de chanceler como Miss Merkel, em vez de virar uma hippie sem rumo? Eu teria empreendido um make-up político no mundo!

Vou empreender um make-up na alma!

Bye, Ana.

Linda,

Percebi que você me perdoou e que até reconheceu que seus assuntos mais sinistros, como homens esquartejadores, também têm a ver com a sua vida sexual adormecida. Você não é a única, minha pesquisa de campo pessoal mostrou que no máximo 2% de toda a humanidade goza de sexo frequente e satisfatório. Ou são pessoas casadas, cujas transas depois de alguns anos são regulares e monótonas ou esporádicas e mais monótonas ainda, ou são solteiras amantes de um homem casado, que por pura frustração cozinham na panela o bicho de estimação da concorrente. Acabei de ver *Atração fatal* em DVD, que clássico! Angie tem cara de quem se encaixaria sem problemas no resultado da minha pesquisa pessoal, preste atenção naquela papada caída. Outro dia na TV até reparei que ela tem uma barbinha!

Putz, por que será que nós, mulheres, somos sempre bem mais críticas com outras mulheres do que com os homens?

Ri muito quando li seu diálogo sobre "rejuvenescimento vaginal" e já perguntei ao meu ginecologista com que frequência ele vê uma vagina realmente bonita. "Mais ou menos uma vez por mês." Uma triste estatística, mas não quis saber se a minha é uma delas. Seria muito íntimo, rs.

Silvinha.

Deusa do sexo,

Zzzzzzzzzzz. Assim é a minha vida sexual! Daqui a pouco vou pendurar um "Não perturbe" na cintura. Não, também não é assim. Um ano e meio (ou dois anos e três meses) é bastante, mas quando penso que minha mãe ou ainda minha avó fizeram sexo pela última vez quando, respectivamente, Willy Brandt e Hitler estavam no poder, posso me considerar uma ninfomaníaca patológica devoradora de homens. Acho que você, e não eu, é supererotizada. Por que será que, e eu já me perguntava isso na adolescência, há tantos homens feios na política? Meu pai chauvinista tinha a resposta. Gente bonita não precisa de estudo, especialmente meninas, isso é para quem não encontra outra escapatória do feitiço da feiura. Sim, papai, obrigada novamente por esse danoso elogio! Gostaria de ter estudado, mas como não "precisava", avacalhei na escola já antes de prestar vestibular. Você sabia disso? Que sua melhor amiga mal terminou o ensino médio? Tá vendo?, qualquer um pode ser esperto quando quer. Mas hoje eu seria certamente arqueóloga ou psiquiatra em vez de perdida e suberotizada. Não! Sexo de novo, não!

Um abraço da superbomba sexual.

Olá, Aninha,

Você reclamou que eu só falo de sexo, e agora você mesma não consegue parar. Pela minha experiência, ou se fala ou se faz. Mas, para encerrar o assunto por ora, acho que dá sim para ver na cara das pessoas se elas levam uma boa vida sexual ou não, e a dama em questão simplesmente não parece muito satisfeita. E no que diz respeito a meninas bonitas e estudos, fiz vestibular e entrei na faculdade, e mesmo assim empaquei com marido e filhos em vez de me tornar secretária geral da ONU ou salvar a floresta Amazônica.

Sílvia, a sonhadora em vão.

Meu anjo,

Estou meio incomodada por você compartilhar comigo suas observações espertas sobre sexo e política e deixar de fora o mais importante. Lembra-se daquela sua suspeita? Existe uma continuação dessa história? Ele fez ou não fez? Não tenho quase nada de novo para contar. Com meu vizinho sr. Broto não vai rolar provavelmente nada, mas tenho na manga um jornalista interessante, meio teimoso e dez anos mais jovem. Recém-solteiro. Esses são sempre como maravilhados bebês de leão-marinho, tão mudos e de olhos arregalados, hehe. Vou observá-lo com o meu telescópio de homens – esse que filtra os raios nocivos para as mulheres. Ah, se isso existisse!

Beijo, A.

Ah, meu anjo,

Estou reprimindo essa história, mas quero lançar uma pergunta sobre a qual pensei o dia todo: quando foi a última vez que você fez alguma coisa pela primeira vez? Não me ocorreu nada ainda, e isso está me deixando melancólica.

Sil.

Ah, Sílvia,

Estou nas nuvens! Não, não encontrei nenhum homem novo, querida, isso seria coisa da sua imaginação. Não fiz nada que eu nunca tivesse feito antes, mas algo que fiz pouco nos últimos anos. Fui a um show de rock. Nesse caso um rock moderado, mas sensacional. Você conhece a Aimee Mann? Grande cantora cult – voz maravilhosa, linda figura frágil, 44 anos, e as letras são o máximo, algo na linha: "*You parked your old El Dorado and kissed me with bravado*". Sempre que ouço música ao vivo, especialmente rock e jazz, meus estilos preferidos, fico totalmente *happy, happy, happy*, me transformo numa pessoa autêntica, que me é familiar, que sou eu, que eu entendo, que eu amo mesmo com todas as minhas questões pessoais. Todas as amarras desaparecem, eu canto junto, danço, meus pés não param. Minha família é muito musical, e aos 14 anos eu queria ser cantora pop, sabia? O interessante é que há décadas sempre uso o mesmo modelo em shows: camiseta branca, jeans, batom vermelho, argolas prateadas, SEM BOLSA, sem nada, sem lenço, sem documento, como uma escrava da música, situação que, ao mesmo tempo, me proporciona uma liberdade enorme. Será que ainda consigo fazer isso quando for velhinha? Se me perguntarem o que me faz realmente feliz na vida, a resposta seria: música (e crianças, se eu as tivesse). Aos 14 anos eu me mandava toda animada com um ingresso comprado com as economias da mesada para ver lendas do blues e Ella Fitzgerald, mas também Stones, Led Zeppelin, Beach Boys, Bob Marley, Cream, The Who, Frank Zappa, Bob Dylan – enfim, todas as bandas da melhor era de todos os tempos. Só perdi os Beatles; eles deram seu último show em Hamburgo em 1966, mas eu ainda era muito pequena! Depois do show vim cantando no trem de volta para casa, ao meu lado duas pessoas que também estiveram lá. Trocamos sorrisos de cumplicidade. Um sentimento gostoso. Preciso desse tipo de coisa. Daria tudo para ser cantora. Semana que vem vou olhar uns violões... "Nunca é tarde demais para a música", dizia uma velha amiga que se aproxima dos 60 e é mais punk e engraçada do que muita gente de 30, e aos 50 ela tocou numa banda punk chamada Ladeira Abaixo. Mas não quero subir ao palco... Já me apaixonei duas vezes por músicos, só porque tocavam tão bem suas guitarras Fender Stratocaster (que hoje custam uma fortuna). Sexo do bom – com eles, não com a guitarra. E assim voltamos ao tema... rs.

Ei, não dá para ser mãe e salvar a floresta? Ou, como solteira, vejo isso de uma forma totalmente distorcida?

Ana, a rock'n'roll.

Oi, Ana,

Ah, sim, o bom e velho rock'n'roll, sou meio nova para esse tipo de música (que bom, ser jovem para alguma coisa aos 40!), mas mesmo assim ela me contagia. Recentemente fui com as crianças a uma festa em que tocou "*Whole lotta love*", não é exatamente do meu tempo, mas eu aaaaamo essa música. Na hora comecei a chacoalhar a cabeça, como se DEVE fazer nesses casos. Nem percebi como meus filhos se assustaram mortalmente e permaneceram ao meu lado, constrangidos e sensibilizados. Quando acabou a música, minha filha, abalada, disse: "Por favor, mãe, nunca mais faça isso, você estava ridícula". Só dei risada, porque naturalmente não posso prometer isso. Mães de adolescentes também precisam se divertir, rs. Nunca gostei de hip-hop e rap, que sou obrigada a ouvir o dia inteiro, uma conhecida escuta 50 Cent e Young Buck no carro no volume máximo, acho isso uma afetação, até porque ela não deve nem entender as letras machistas. Na minha opinião, é melhor permanecer gostando da música que tocava quando você era jovem e que embalava os seus amassos. Por isso adoro a rádio Oldies 95, que meu marido considera constrangedora, diz ele que só velhos nostálgicos ouvem essa estação. Já eu penso que o melhor de envelhecer é ligar cada vez menos para que os outros acham. Quanto às "primeiras vezes", elas deviam ser mais frequentes. Só para variar. Dar pequenos passos de cada vez. Tomar café da manhã todo sábado num lugar diferente já seria um bom começo. Nova cor de batom. Comprar passagens para a Romênia e ir caçar vampiros! Agora preciso, infelizmente, cozinhar para a turma. Nada exótico, só lasanha mesmo, senão os fofos me matam... Bah!

Pois é, mães fazem concessões o tempo todo.

Beijo, Sílvia.

Oi, *rocky-racoon*,

O que significa "sou meio nova para esse tipo de música"? "*Whole lotta love*" é de 1968 e parece ter sensibilizado sua orelhinha. Boa música é atemporal. Se pensar que o cd N. 1, com os grandes hits dos Beatles, deu uma lavada nos outros lançamentos, ficou três anos no topo das paradas e já foi comprado por três gerações... Bono tem 51 anos, querida, Bruce Springsteen também. Pessoalmente me encho de orgulho quando vejo que homens e mulheres grisalhos e sexy da cena roqueira ainda estão na ativa – veja Annie Lennox, Madonna ou Chrissie Hynde, dos Pretenders, no palco. Elas são agressivas, mas femininas e quentes, quentes, quentes. Oh, eu aaaaamo a rádio Oldies, constrangedora ou não. Por mim podem me ouvir quando canto a plenos pulmões "Hello, Mary Lou", de Rick Nelson. Esse tal de 50 Cent que você mencionou vale tanto quando seu nome, acho eu. Uma amiga, mãe de uma menina de 13 anos, quer fazer uma petição para colar avisos em CDs com letras sexistas, pornográficas e machistas, típico de uma burguesa conservadora, mas entendo totalmente. Mas hoje eu gostaria de ignorar esse tema da misogenia. O que acontece? Somos tão perigosas? Acho que somos seres tão encantadores!

Um abraço, mulher-maravilha.

Oi, heroína,

pois é, fico na dúvida se o adjetivo "encantadora" é adequado, me soa um pouco como menininha inofensiva! Acho que, na nossa idade, não deveríamos mais nos preocupar com o efeito que causamos, somente viver a vida como bem entendermos. Quem quer marido e filhos deve tê-los, quem prefere ficar solteira, sem problemas! Seria meu mundo ideal.

Beijão, da sonhadora.

Oi, *dreamgirl*,

Hoje li mais uma reportagem sobre a falta de crianças na Alemanha. Estaremos praticamente extintos em alguns anos. Bem-vinda, geração perdida sem filhos. Assim como a guerra prejudicou a geração dos nossos pais, a emancipação e a transformação radical da sociedade deixaram sérias marcas na nossa. Talvez eu realmente devesse adotar um bebê vietnamita, quem sabe ganho um Brad Pitt de lambuja (apesar de eu não suportá-lo!). Mas onde moro as pessoas acreditam na cegonha; jovens mães ruivas e cheias de argolas nas orelhas e no nariz empurram com olhar sério seus carrinhos de bebê em direção aos cafés da moda. De alguma forma me fascina o fenômeno da maternidade precoce. Como fã incondicional de transporte público, observo com frequência o duro destino das jovens mães. Anteontem tinha uma mulher com seu inquieto filho de 4 anos no ônibus. Ele queria sentar, ela deixou e ficou em pé ao lado dele, olhando entediada pela janela. O motorista, um idiota de óculos escuros que dirigia como se estivesse numa perseguição hollywoodiana, freou bruscamente, e nisso o garoto caiu do banco e bateu a cabeça no ferro. Abriu a boca para chorar e a mãe olhou-o com pena, mas também sem se importar muito, e disse: "É isso o que acontece se você não se segura direito". Fala sério, é assim que se lida com crianças hoje em dia na Alemanha? Seguindo o princípio da culpa? Fiquei chocada. Agora entendo a falta de bebês. Os espertinhos não QUEREM nascer e se esquivam ainda no estágio pré-embrionário da caçada insana dos espermatozoides. Ou você sempre deixou seus filhos caírem no ônibus?

A.

Querida A,

Toda história tem, sabidamente, dois lados. Da mesma forma que há pais displicentes, que deveriam passar o resto da vida a pão e água na cadeia, existem mães amorosas mas igualmente sobrecarregadas que reagem como a mulher do ônibus. Há momentos na vida de uma mãe em que ela adoraria jogar os filhos pela janela. Esses momentos passam, mas eles existem.

Ficou mais chocada ainda? =P

S.

Oi, Sílvia,

Não, não fiquei chocada, mesmo assim acho que é melhor tomar providências assim que se percebe que algo está errado. Melhor prevenir do que remediar, né?

Ana.

Oiê, Ana,

Nisso você está absolutamente certa.

Beijo grande,

Sílvia.

Sílvia,

Então esse assunto está encerrado, meu anjo.

Acabei de sair para dar uma volta e vi uma cena pitoresca. Tenho mania de olhar para dentro das casas à noite – observar o que as pessoas estão fazendo, que tipo de luminárias elas têm, etc. Que bom que a maioria das pessoas não usa mais cortinas. Você ainda se lembra de quando éramos crianças? Dispensar a cortina era um exibicionismo obsceno, além disso impossibilitaria o hobby preferido dos alemães mais velhos: espiar por trás da cortina. Meu primeiro ato rebelde na minha primeira casa foi aboli-las. Enfim, vi um jovem totalmente entretido junto à janela, passando roupa fervorosamente. Dá para imaginar nossos pais nessa situação? Aposto minhas camisetas e meus lençois amassados que meu pai nunca nem segurou um ferro de passar! Bem, mulheres donas de casa também estão cada vez mais raras.

Ah, sua pergunta da "primeira vez" me deixou com a pulga atrás da orelha. Acho que a reposta não envolverá meu vizinho. Meu sr. Broto está de volta e mais estranho do que nunca. Prefiro caçar vampiros, como você sugeriu. Ou fantasmas... hehe.

Ana, a meio perdida.

Oi, Ana,

Desculpe o sumiço, mas estive com a casa cheia, meus pais e minha irmã, com seu mimado filhinho único, me deram a honra, e passei cada segundo desse longo fim de semana ou limpando alguma porcaria (copo entornado, mancha de ketchup na toalha branca, privada entupida – duas vezes!!!!) ou me irritando profundamente. Amo minha família, mas um fim de semana assim *nonstop* pode ser muito estressante. Por sorte, meus pais ainda são bem ativos e pouco rabugentos se comparados a muitos casais da idade deles. Nada é mais triste do que dois idosos briguentos, você fica com vontade de fechar logo a tampa do caixão para enfim ter paz, não acha? Perdão pelo tom insensível, só estou me escondendo na maldade, na maioria das vezes não penso assim. Quanto à misoginia das letras de rap e hip-hop, que repetem "*Suck my dick, bitch*" como se não fosse nada, em princípio sou veementemente contra, mas infelizmente G-Unit e Eminem não pediram a opinião desta vaca burguesa, então meu filho de 13 anos usa a mesada para comprar CDs com negros de olhar sinistro e acessórios dourados na capa, e às vezes ele resolve cantar no carro. Então tenho uma crise pedagógica ao volante e explico que a maioria das mulheres não são vagabundas que querem o bem-bom, e ele concorda e diz: "Como sempre você está certa, mãe", e continua ouvindo o som. Aí a escolha é minha. Ou mantenho a coerência pedagógica, confisco o CD e o obrigo a ouvir canções infantis, ou preservo a minha paz. Adivinha qual a minha decisão no meio do trânsito caótico? Pelo menos meu filho ainda é o bichinho mais dengoso do hemisfério norte.

É isso, Sílvia.

Olá, *supermom*,

Que fofo, seu dengosinho! Te invejo, porque só me resta o Petzi, meu judiado ursinho de pelúcia da infância, a essa altura perdido em alguma caixa. E só! Parece que nisso você acertou.

Ana, a mal-amada.

Querida prestes a ser amada,

Educar uma criança é realmente questão de sorte. Você pode ler tudo sobre isso e mesmo assim fazer tudo errado ou ao contrário. Os outros são sempre mais sabidos. Cada criança é diferente, cada situação requer um tipo de jogo de cintura. Decidi ouvir meu coração e aceitar que não sou uma mãe perfeita. Mesmo assim acho que meus filhos estão bem encaminhados, perfeitos eles não precisam ser, porque eu mesma também não sou. Sobre homens e ferros de passar, o meu marido se virava perfeitamente quando assumi depois da namorada anterior, agora a falta de jeito é tanta que a tarefa sobrou para mim. Aqui cabe novamente a pergunta: esgotar o tema na discussão ou desistir e passar roupa? O casamento é uma sequência de concessões com eventuais distrações sexuais.

Um beijo enorme, Sílvia.

Oi,

Espero que você perdoe meu humor algo ácido, mas hoje é domingo, dia do Senhor, o céu está cinzento, o ar, gelado (sem querer escrevi "pelado". Oh, Sigmund!), meus quadris aumentaram misteriosamente 4 centímetros, daí a calça desabotoada, e ainda visitei meu paizinho gagá. Se eu visse nossa conversa maluca numa cena de filme, sorriria, mas o MEU pai é que se tornou um comediante involuntário, assim, fica difícil segurar as lágrimas e os soluços. Sem querer ele tinha passado Hipoglós nas mãos, que ficaram parecendo as luvas do Mickey perto da camisa xadrez esportiva, e estava muito agitado. Queria saber por que eu me converti ao catolicismo. "Não me converti a nada, pai", assegurei, "muito menos ao catolicismo." Ele mesmo foi criado no protestantismo, mas nunca frequentou a Igreja. Não acreditou em mim, porque me viu ao lado do papa, usando um capuz roxo e um decote exagerado. "Vi pelo telefone", disse, seco. O mundo maravilhoso da tecnologia é aparentemente perfeito quando se tem 90 anos. Desisti e chorei um pouco quando deixei o asilo. Na sexta-feira, aliás, tive um sinal da Igreja e da fé.

Tocaram a campainha, duas pessoas mais velhas estavam diante da porta. Ela: magra, alta, saia comprida, pulôver de gola olímpica, óculos, permanente no cabelo. Ele: suado, tão barrigudo que a camisa azul-escura esticava, cabelo escasso, também de óculos. Me perguntaram cuidadosa e educadamente se eu tinha a intenção de fazer alguma coisa contra o imenso sofrimento do mundo. Ele logo sacou uma Bíblia surrada, toda marcada com papéis coloridos. Pensei comigo, são testemunhas de Jeová? Mas eles creem na Bíblia? Eu tinha acabado de preparar um cappuccino e dispensei a dupla. De alguma forma eles me tocaram, tão anacrônicos, como vindos de outro mundo. Qual a sua religião, afinal? Evangélica? Católica? Protestante? Que loucura, nos conhecemos há tanto tempo e eu não sei isso. Parece que a religião formal não nos interessa muito. Como você educa seus filhos? Eles se interessam por religião? Você já se confessou?

Ana.

Deus, Ana,

Não, nunca me confessei porque não sou católica, mas deve ser incrivelmente libertador. Você sussurra seus pecados, reza uns terços e plim, está pura novamente! Muito prático. Você foi uma criança religiosa?

Beijo, Sílvia.

Oi, Sílvia,

E como! Minha irmã e eu rezávamos como loucas fervorosas, uma graça! Toda noite nos ajoelhávamos junto à cama antes de dormir. "Querido Jesus, minha doce companhia, não me abandone nem de noite nem de dia". Será que ajudou alguma coisa? Garanti um lugarzinho lá em cima? Meus pais eram ateus, nunca iam à igreja. Mas nós duas fizemos a confirmação. Ocasião especialíssima, porque significava a permissão para usar salto alto e meias de seda pela primeira vez – antes, jamais! Então logo pedi de presente sapatos de salto 4 cm, apesar de não conseguir andar direito com eles. De verniz, da Görtz*!, 29 marcos, uma fortuna. Meu Deus, que tempos inocentes, quando bastava vestir jeans para posar de rebelde. Você acha que as crianças de hoje sentem saudades da inocência, ainda

* Popular rede de lojas de sapatos. (N. T.)

que não saibam bem o que é isso? Hoje li um artigo sobre o filho do Rudi Dutschke*. Tinha uma foto do túmulo do Rudi, com o seguinte epitáfio: "Dr. Filósofo Rudi Dutschke." Santo Deus, virou moda pôr o currículo na lápide? Na minha vou querer gravar minhas antigas medidas de modelo: 82, 56, 84. Bem, posso terminar meu sermão com um verso muito popular nos anos 50? "Precioso seja o homem, prestativo e bom."

Aleluia,

Ana.

Oi, Ana,

Que pensamentos profundos, meu anjo! Quando li sobre o seu pai, sorri involuntariamente, Deus sabe que Alzheimer e demência não são motivos para achar graça. A mãe de uma amiga, que morreu de Alzheimer há pouco tempo, se recusou a usar calcinha na sua última fase, porque em todo lugar, na rua, no jardim, no supermercado, ela simplesmente levantava a saia e fazia xixi. Imagine o suadouro e a tensão da minha amiga toda vez que saía com a mãe.

O pai de outra amiga, também doente, sempre dizia a ela: "A senhora sabe de uma coisa?, amo minha filha acima de tudo". É muito difícil quando os pais morrem, também porque percebemos que não somos mais jovens e imortais, estamos na idade em que começam a surgir fronteiras no horizonte. A cada fraqueza, cada probleminha, cada doença, pensamos: "Merda, será que também vou ter isso?" Os cabelos ralos, as orelhas pontudas, o esquecimento? Por causa desse pânico nos tornamos muito impacientes com nossos pais. Por isso, seja boazinha com seu papai! ;)

Beijinhos, Sílvia.

---

* Sociólogo marxista alemão (1940-1979), figura importante do movimento estudantil e um dos fundadores do Partido Verde. (N. T.)

Oh, Sílvia,

Para! Às vezes tenho vergonha da minha impaciência. E isso é o mais duro: é exatamente a impaciência que herdei dele!

Ana.

Meu tesouro,

Sabe, fico contente por meus pais ainda estarem "inteiros", como se diz por aí, mas a artrite de minha avó, que agora ataca minhas tias e minha mãe, já me deixa um pouco em pânico. O que fazer contra os medos precipitados? Respirar fundo, ioga, simplesmente tocar a vida? Você perguntou sobre minha religião, sou luterana. Meu avô, um meio judeu rico de Hamburgo, entrou para uma igreja independente depois de estudar teologia, um tremendo ato revolucionário, porque já estava certo que ele iria assumir uma igreja de prestígio. Em vez disso ele se tornou ainda mais religioso e fez seis filhos, e viveu pobre, mas feliz, com minha avó. Minha infância foi a mais crente possível: "Jesus, obrigada por este alimento, que nos foi dado através do amor de nossos pais. Amém", e meus avós sempre deixavam uma cadeira vazia à mesa, reservada para Jesus. Culto aos domingos era obrigação. Sou a única da família que se desviou. Acredito em Deus, mas não vou à igreja. Só no Natal. Mas minha filha quis ser batizada e confirmada, e foi, claro. Depois de muitos anos encarando todas as religiões como uma camisa de força, estou mais relaxada agora. Converso com Deus, acho que ele existe em algum lugar sobre as nuvens, observa minha vida e me deixará ir para o céu. Porque isso eu quero, moro no Norte, não gosto de calor. Você tem medo da morte?

Grande beijo, Sílvia.

Oi, meu anjo,

Típico! Aposto que o seu céu tem jeitão de subúrbio rico! Já o meu se parece mais com Malibu! Li uma ótima tirada de uma dessas figuras ricas da moda nova-iorquina: "Quero ser enterrada pelada, porque para onde estou indo é possível ir às compras, tenho certeza". Muito interessante seu histórico religioso. Sou sua amiga há 25 anos e não sabia que você rezava e que seu avô era meio judeu! Também conheço a oração à mesa e o mistério da cadeira vazia reservada para Jesus, "Venha, Jesus, seja nosso convidado..." ("A que horas ele vai chegar, vó?", perguntávamos quando pequenos). Considerando a excelente comida da minha avó (enroladinhos de repolho, humm!), estou certa de que Jesus teria sido o primeiro a atacar, repetiria e ainda lamberia o prato. Jesus, o primeiro viajante mochileiro degustador de todas as culinárias – podia virar uma série de TV... Onde ele se sentaria hoje em dia, se ninguém mais se reúne para comer? Será que ele se mistura ao povo no Burger King? Presumo que ele enjoaria rapidamente de macarrão e nem conseguiria provar as salsichas. Sabe o que considero bacana hoje, olhando para trás? Lanchávamos juntos toda santa noite. Papai chegava, as crianças punham a mesa, mamãe cortava o pão e preparava os frios e o queijo, fazíamos sanduichinhos e tomávamos chá – o típico lanche alemão! Nada de ficar no quarto, não estar com fome ou não fazer companhia. Sentar, comer, conversar. Ponto. Foi realmente assim até eu sair de casa! Quando adolescente achava isso um saco, só abria a boca para engolir uma fatia de pão com queijo (sem gordura!), de resto, ficava muda de ódio e incompreensão... Mas é assim mesmo: olhar para trás muda todas as perspectivas. Obrigada, mamãe e papai, pela rigidez enervante e por manter as tradições!

Ana, a bem-educada.

Oi, Ana,

Esse seu tom de boa moça é completamente novo para mim. Espero que minha filha pense assim um dia...

Sílvia.

Oiê, Sílvia,

Pensará sim, com certeza! Mas voltando ao assunto: entendo cada vez mais o sentido e a importância de alguma crença, da devoção, de uma força interior. Desde as minhas crises depressivas busco abrigo e compreensão, devo admitir (querido Deus, obrigada pela menopausa, muito astuto e egoísta da sua parte!). Bem, não é que haja uma Bíblia sobre o meu criado-mudo, sou mais de meditar e buscar a paz por meio da ioga. Ajuda a reconhecer que as coisas mundanas que consumimos não têm valor e que a busca insana por elas esvazia, causa tristeza e falta de ar. Sim, reconheço. Virei praticante de ioga, mas não porque é chique ou está na moda, não uso roupinhas de marca para praticá-la, só pego meu colchãozinho, vou à academia e dali em diante fecho os olhos. Uma delícia!

Pensei mais sobre "estar apaixonada" e concluí o seguinte: o que mais me faz falta é alguém que simplesmente me ache maravilhosa, excitante e perfeita. Só isso. A busca pela aceitação tem fim? Como os bebês, que durante um tempo só enxergam empolgação e amor nos olhos da mãe, antes de a crítica e a rejeição entrarem em cena. Talvez eu dê uma olhada em um desses serviços de encontros... O que você acha?

Um beijo da *Sleepless in Seattle.*

Olá, insone,

Respondendo primeiro à sua última pergunta, você deveria fazer isso por via das dúvidas. Minha vizinha de 60 anos, que passou por um verdadeiro ano de merda (o marido morreu, a bunda cresceu, pediu demissão por assédio moral do trabalho onde tinha sido feliz por mais de duas décadas), estava sentada uma noite sozinha em frente ao computador e, depois de uma taça a mais de vinho, pensou: "Não tenho nada a perder, vou simplesmente experimentar". Se registrou no www.parship.com e já o primeiro e-mail foi um golaço. Um professor aposentado, com quem ela está supercontente. Está radiante de felicidade. Te desejo o mesmo, isso é muito melhor que ioga. Sobre o lanche comunitário da noite, gostaria de implementá-lo, mas minha rotina não permitiria. Cada um chega em casa com fome num horário diferente, às vezes me sento à mesa três vezes porque me obrigo a isso quando as crianças jantam, apesar de que provavelmente elas prefeririam comer vendo televisão. Jesus não se divertiria muito conosco, minha prole gosta de macarrão, lasanha e panqueca, ponto final. Em outros lugares não será muito diferente disso, porque toda mãe que eu conheço desistiu em algum momento. O eterno "Mas o que é isso?" – "Uma salada fresca, filho" – "Mas eu detesto comida verde, mãe!" te deixa simplesmente esgotada.

Mas a imagem da família feliz à mesa, comendo e conversando sobre o dia, isso continua sendo um ideal! =)

Um beijo da mãe de toda hora!

Mãezinha!

Claro, sei que hoje em dia isso não existe mais. Mas a função da nostalgia é transformar os fatos em verdades cor-de-rosa, ainda que eles não tenham sido assim.

Um beijão da Rosa.

Ok, Pantera Cor-de-rosa,

Você ainda não respondeu a minha pergunta sobre o medo da morte. O pai de uma amiga, aos 98 anos, tem pânico de morrer. Ele é só pele e osso, mas simplesmente não morre, se agarra à vida com todas as forças, como minha amiga, esgotada, descreve. Meu maior desejo é não reagir assim quando chegar a hora. Minha maravilhosa massagista atende doentes terminais, massagens nos pés parecem ajudar.

Hoje minha filha perguntou o que eu acharia pior: se ela estivesse grávida ou se fosse viciada em drogas. Respondi que a segunda opção, mas que, se ela engravidasse, me mudaria para a Austrália. Naturalmente, um blefe. Ufa! Tivemos essa conversa no ginecologista. Crianças grandes, preocupações maiores ainda.

Um beijo, Sílvia.

Amiga,

Como você notou, estou evitando responder à sua pergunta sobre o medo da morte. Mas a resposta sincera soaria como uma frase de alguém famoso, que poderia muito bem ser minha: temo mais a vida! Mas não, não é bem assim. Meu velho pai me confrontou pela primeira vez com a questão da finitude, pode parecer impossível, mas até então nunca havia pensado nisso, eu reprimia tudo. De repente, quase aos 50 anos, surtei. Virei hipocondríaca. Uma vez me convenci de que tinha um tumor no cérebro, depois leucemia, depois aids, depois câncer no sistema linfático ou sei lá o nome disso – penso que essa é apenas uma forma maluca de me acostumar com a ideia de que existe um final. Me perguntei: "Seria tão ruim se você morresse hoje?" A resposta foi não, já passei por muitas coisas, sejam elas felizes ou tristes, já experimentei muito, conheci minha riqueza e profundidade interior. E segui meu caminho. De alguma forma, me acalmei. Meu pai é igualzinho ao de sua amiga. Não quer desistir, mas ao mesmo tempo odeia o pouquinho de vida que ainda lhe resta. Mas quem somos nós para julgar se vale a pena viver ou não... Não o entendo, mas choro quando vejo que tudo lhe está escapando e que ele apenas fica ali, como um cadáver de olhos vazios. Ele também já foi mais novo, mais bonito, mais forte, um jovem engraçado, grande e desajeitado, ousado, ainda o vejo fazendo a barba no banheiro, vestindo aquele pijama listado dos anos 50, depois fazendo caretas para o espelho enquanto eu e minha irmã o observávamos, encantadas. O primeiro e inesquecível encontro com o masculino, com o misterioso, com o outro.

Barba. Meu papai. Não, tenho medo da morte, da morte dele, e do que ela fará comigo...

Ana, a deprimida. =(

Oi, Ana,

Queria te abraçar. Sinto não poder estar ao seu lado agora.

Um forte abraço, Sílvia.

Sílvia,

E enquanto um homem se prepara para morrer, eu só penso em namorar! Assim é a vida, uma coisa não exclui a outra. Blá, blá, blá. Isso me lembrou de meu amigo americano Charly, ele tem 61 anos e sua namorada italiana de longa data, Cora, morreu recentemente. Duas semanas depois recebi um longo e-mail dele, no qual contava que estava como doido saindo com novas mulheres, porque não suporta ficar sozinho. Tem medo de apodrecer como uma maçã velha, foi assim que ele descreveu. Se registrou em todos os serviços de encontros, mobilizou todos os amigos e ainda está na busca desenfreada por – o quê, afinal? Uma namorada? Alguém para enganar o tempo? Não sei. Fiquei bastante incomodada e escrevi uma carta bem crítica, porque ele ainda reclamou das mulheres, que para ele eram todas egocêntricas, inflexíveis, "endurecidas" e *bitchy* só porque não estavam a fim de dedicar-se totalmente a ele. Típico dos homens, não conseguem se virar sozinhos, enquanto as viúvas normalmente desabrocham quando finalmente se livram do papel de donas de casa e podem fazer coisas bacanas como dançar rumba peladas às 3 da manhã ou assistir a *Casablanca* trezentas vezes ou cantarolar árias que não fazem sentido.

Ana, a peladona cantarolante noturna.

Ah, coruja,

Sinceramente? Bem, é isso que mais invejo em você. Não faço mais nada à noite fora me esgueirar até a cozinha e, muda, preparar um chá de hortelã. Se eu resolvesse ver televisão de madrugada na sala, logo ganharia a empolgada companhia do meu notívago filho!

Um beijo da sua quieta, por sorte pouco inquieta

Mãe.

Oi!

Fui a uma festa com sr. Broto! Ele me cercou de novo, e a festa era promissora, então resolvi ir. Ele foi educado, apalpou meu joelho e manteve a mão firme nas minhas costas, coisa que não necessariamente me agrada porque me lembra um dono com seu cachorrinho. Ele me disse, orgulhoso, que as pessoas pensaram que a gente "tinha um caso". Sério, que jeito de falar é esse? Por acaso estamos num dramalhão? Prometo que vou dar uma olhada nesses sites de encontros. Tive um sonho lindo e sexy com o vocalista do Pink Floyd, David Gilmour, aquele gato. Meu segundo namorado sério se parecia com ele; eu tinha 24 e ele, 21 anos. Onde estará ele agora? Será que cheguei à fase de sonhar com meus antigos namorados – e talvez com a minha juventude?

Beijos, Ana.

Oh, Ana,

Encerremos o tema juventude e morte com o propósito de nos prepararmos a tempo, para que nós, como fez a mãe de uma amiga minha, aos 93 anos, simplesmente saiamos de casa, nos deitemos num jardim florido e, de braços abertos e sorrindo, nos entreguemos ao sono eterno.

E com isso, por ora, assunto encerrado, vamos nos dedicar à vida. Vamos nos dedicar ao seu próximo encontro, porque não consigo levar a sério esse seu teatrinho com o vizinho, ou deveria? =P

Sílvia.

Pois é, nem eu mesma sei. Estou tão indecisa, insegura e insossa...

Ana.

Ai, Ana,

Você me soa muito crítica, muito cabeça, quando descreve o Homem-Broto com a mão nas suas costas, gesto que você interpreta como "um dono com seu cachorrinho". Aleluia, *baby*! Esqueça os anos 70, é só o que posso te dizer, a macholândia virou pó, assim como a eterna preocupação das mulheres com a repressão masculina. Um homem com a mão no seu corpo, seja lá onde for, significa apenas: ele se interessa por você e pelo seu corpo! Relaxa e goza, a menos que seja uma mãozinha suada de um homem que você detestaria que te tocasse. Em segundo lugar, e depois já termino o sermão, acho que você, depois desse longo tempo na secura (*sorry*, não vá explodir de novo!), deveria simplesmente pular na água fria. Feche os olhos e mande ver! E nada de pânico por não ter mais 20 anos, o homem sobre ou sob você também já passou dessa idade, e nem vai reparar se há celulite em algum lugar ou se seu peito está meio caidinho. Minha irmã expulsou o homem de seus sonhos da cama porque, no meio dos amassos mais nervosos, lembrou de repente da operação que havia feito na barriga seis meses antes, cuja cicatriz ainda não tinha sumido totalmente. O cara ficou puto porque ela, sem dizer nada, se levantou e foi embora. Ela se arrependeu amargamente depois, mas não teve coragem de dizer-lhe a verdade. Como uma mulher consegue ser burra! Por isso, vai fundo e aproveita! ;)

Sílvia.

Querida Sílvia,

Diz uma coisa, vocês estão todas mancomunadas? Primeiro seus conselhos de não rejeitar nenhum ente masculino, de encarar a mão nas costas como um gesto amoroso e de deixar a celulite pra lá, agora mais essa outra dica que recebi hoje. Uma amiga superfofa e querida, Kathrin, você também a conhece, aquela que acabou de se mudar por dois anos para Barcelona, sabe da minha paixão por bichos, especialmente por terriers. Fico louca com qualquer cachorro dessa família (poodles e chihuahuas são *out*!). Bem, Kathrin acha que minha vida com um cachorro se tornaria absolutamente ensolarada, que eu me inseriria facilmente nessa sociedade. E diz que já me imagina arrasando nas calçadas e nos parques ao lado do meu cãozinho fofo. Uma coisa é certa: segundo as estatísticas, os donos de cachorro possuem o triplo de chances de encontrar um parceiro do que criaturas sem cão. Claro, faz sentido, não há nada mais inofensivo e emocionante do que uma conversa sobre pulgas e cocô – um ótimo jeito de quebrar o gelo. "*Go, doggy!*", é o conselho da Kathrin. Ela já imagina a chuva de pétalas do meu terceiro casamento.

Mal tinha começado a fantasiar sobre o meu visual com um cãozinho ao lado e quem cuidaria dele quando eu viajasse, o que é frequente, quando recebo um delicioso artigo, enviado por outra amiga. Era sobre a pinguim Zurita, considerada a primeira mãe solteira dessa espécie. O primeiro marido morreu, o segundo arrumou uma mais jovem, o terceiro era muito novo e quando chegou a hora de chocar os ovos – tarefa normalmente feita pelos machos – simplesmente fugiu para apostar corrida no gelo com seus amiguinhos. Pois é, qual o significado disso tudo, hein? Que eu deveria me disfarçar não de pinguim, mas de cadela, para tirar a prova final com os homens? Ou dar em cima de homens que parecem scottish terriers, já com um ossinho na mão?

Au! Beijo, Ana.

Doidinha!

Muito boa a ideia do cachorro! Você pode deixá-lo comigo quando estiver fora. Ou com seu vizinho. Ele adoraria poder te cobrar essa dívida!

S.

Oi, Sílvia,

Ah, quanta bobagem! Arrumei novas provas para o meu pé atrás com os homens. Numa reportagem sobre traição, 54% das alemãs casadas há cinco anos disseram que não se casariam novamente com o mesmo homem. Entendo bem, afinal todos os meus casos, amizades coloridas e casamentos duraram entre dois e cinco anos. Sou o melhor exemplo para comprovar todas essas teorias e fatos.

Maaaas você tem toda a razão sobre pular na água fria. Preciso muito! Sim, de fato você fica agradecida quando alguém te acha o máximo. Afinal, somos seres narcisistas com cabeça de mendigo. Ser supercrítico não tem nada a ver. Só serve para disfarçar meu medo de toda essa intensidade emocional, das brigas, das paixões, das discussões que ficam à espreita quando você resolve ir na de um homem... Mas vou abdicar do meu vizinho morno; não estou a fim de, na minha idade, bancar a mamãe, a *femme fatale*, a conselheira e a versão feminina de Freud.

Adorei a sua expressão "a macholândia virou pó". *Are you sure*? Às vezes ainda vejo um pouco de fumaça enquanto caminho sobre os montes de cinzas – mas será que não restam mais faíscas da resistência?

Ah, entrei escondido num site de encontros e me surpreendi roubando na idade do perfil. Foi quando fechei imediatamente o laptop!

Melhor apostar no au-au no parquinho?

Um abraço, Ana.

Aninha,

Pra mim está claro há muito tempo que homens e mulheres, na verdade, não combinam, mas quando dá certo, aí é como o plugue na tomada, por isso você tem que pensar bem no que quer. Há três possibilidades. Primeira: só sexo com homens diversos e da nossa idade, mas já casados. Segunda: casar-se com alguém que, de fato, após cinco anos talvez te dê tédio, mas que te acolha e aqueça teus pés na cama. E terceira: deixar quieto e salvar a floresta Amazônica, entrar para a política ou desenvolver uma vacina contra o câncer ou contra o mal de Alzheimer. Me decidi pela segunda alternativa por dois motivos simples: queria ter filhos e encerrar o tema "homens" para não precisar ficar pensando se ele vai ligar, se ele ainda está a fim ou onde encontrar o próximo. Conquistei minha paz interior por meio de um certo tédio matrimonial, mas fiz essa escolha com consciência e sem um pingo de frustração.

O que você quer? Só quando parar de oscilar entre a saudade da juventude e o delírio da emancipação (não vá pirar, só não consegui encontrar uma expressão melhor) conseguirá se dedicar concretamente a essa busca ou simplesmente deixá-la pra lá. Te proíbo de roubar na idade em chats na internet, porque você terá que se preocupar com coisas como que bandas pode citar e que idade você tinha quando tal coisa aconteceu. E isso pode dar num encontro terrível com um cara de cueca e meias, tão broxante que você vai querer sair correndo, aos gritos, da cama. Mas há coisas piores. Queda de cabelo, por exemplo.

Sílvia. =)

Sei, sei.

O que você diz sobre o casamento – e você gosta de dizer, e diz muito, e frequentemente soa bastante defensivo – é, ainda assim, bem razoável. E nós já discutimos tanto esse tema, regadas a vinho tinto (e champanhe, no meu caso), sempre na ausência do seu marido (por onde ele anda esse tempo todo?), que eu já conheço todos os lados dessa história de trás pra frente, tanto o lado das casadas quanto o das solteiras – vou chamá-las simplesmente de aventureiras. É sempre igual. A esposa só quer provar que está bem na fita, danem-se a segurança, o aconchego e toda essa baboseira, mas na verdade enche a cara de vinho e raramente faz o papel de uma cobiçada *femme fatale*, e sim o de uma apressada dona de casa que é convidada no máximo uma vez por semana para uma obrigaçãozinha sexual. Já a solteira convicta (como eu, mas isso você esquece sempre: quero de vez em quando um amante bacana, não um MARIDO) procura provar que liberdade e espontaneidade são o máximo. A "verdade" está em algum lugar no meio de ambas.

Sim, Ana,

Sou assim mesmo. Gosto da segurança e aceito seu rótulo de "apressada dona de casa". Não acho tão grave!

Mulher do lar.

Oi, Sílvia,

É um fato incontestável: não existe segurança. Em lugar nenhum. Particular, global, política ou socialmente. Ponto. Muita gente constrói sua vida com esse fato ilusório na cabeça e acredita estar salvando assim seus ideais. Todos temos rachaduras na alma e manchas no coração, eu, você, seu marido, nossos pais, meus namorados. Acho sim que todos nós podemos nos misturar amigavelmente na "sociedade do arco-íris" – conceito meio bobo inventado por um prefeito negro de Nova York. Acho ótimo que você tenha filhos, admiro sua coragem e seu talento para isso, gosto muito deles, conheço-os bem. Não é que eu tenha querido me safar disso, eu simplesmente desperdicei essa chance, e esse é o meu destino pessoal, minha biografia, minha decisão, talvez também minha cruz e minha tragédia, ou ainda minha sorte e minha salvação. Quem pode saber? Faço o melhor que posso. Mais não consigo.

Sabe, uma das desavenças entre mim e minha mãe sempre foi o fato de que não me tornei o que ela esperava. Há anos que lhe digo: "Eu sou eu. Sou do jeito que consigo ser. Me encare como uma experiência, um desafio, uma criatura estranha do espaço sideral, não como uma confirmação dos seus métodos educacionais". Acho que ela, intuitivamente, entendeu um pouquinho, porque agora está mais bacana e compreensiva comigo.

Mas queria te perguntar: o que você faz com a sua vida além de ser mãe e esposa? Quer voltar a trabalhar? O que aconteceu com suas suspeitas de traição? Você mesma me inquietou com essas perguntas há algum tempo.

I want to know!

Um beijo, Ana.

✉

Oi, A,

No momento ando reprimindo tudo isso. Estou exausta, deve ter relação com esse tempo horrível. Meu marido tem saído muito, quem sabe para onde? Estou pra baixo demais para perguntar. Pensar sobre a carreira também me exaure demais. *Sorry*.

Silvinha.

✉

Oi, Silvinha,

Será que você não está doente? Foi ao médico? Sua vida também não é tããããão puxada. Permita-se simplesmente uma massagem ayurvédica de três horas.

Cuide-se, Ana.

✉

Oi, Ana,

Boa dica, obrigada, minha linda. Sim, lastros emocionais dão uma bela canseira. Estou caindo de sono...

Beijinho, Sílvia (bocejando).

✉

Cara,

Talvez isto te acorde. Algo estranho me aconteceu. Não sei ao certo por que fico tão surpresa, estou tão emocionalmente depreciada?, mas admito que me surpreendi. Conheci um homem numa festa. Isso soa um pouco como o começo de uma piada, eu sei. Mas dois homens importantes da minha vida, inclusive meu primeiro marido, eu encontrei numa festa. Esse cara me viu e mandou um algo incompreensível "Isso é que é visual!". Só falei que a luz estava me favorecendo, eu estava levemente bronzeada e usando um vestido curto de linho preto, nada mal. Mesmo assim: depois dos 50 não se leva mais uma cantada tão direta. Ele era arquiteto, tinha a minha idade, cabelos grisalhos, camisa de linho, jeans preto e tênis horríveis – ainda chamo isso de tênis porque não sei como definir esses monstros gigantes, metalizados e de seis cores. Ele não arredou o pé do meu lado e era bastante divertido. Passou muito tempo em Ibiza, e logo começamos a falar dos "bons e velhos tempos da era hippie." Pois é. Enfim, ele insistiu em me levar para casa, porque "mora na mesma região". Estávamos andando na rua e eu esperava um carro normal de classe média. Tinha um Jaguar preto e um Volkswagen prateado. Fui em direção ao segundo. Mas não, era o Jaguar. "Um mimo", disse ele, "depois de anos dirigindo cubículos ambulantes." Para você ver como o *establishment* deixa marcas imundas por todos os lados (até em mim). A viagem foi divertida, porque o carro tinha um mapa de ruas digital. Que ele, aliás, precisava, porque ficava me encarando o tempo todo. Depois disse que queria entrar e passar a noite comigo. Como é? Depois de duas horas de paquera na festa, eu deveria LEVÁ-LO COMIGO? Ri alto. Temos 20 anos, ou o quê? Nem naquela época eu fazia isso sempre. Primeiro fiquei lisonjeada e flertei loucamente com o coitado, depois aconteceu algo com os meus sentimentos. Percebi que esse tipo de tesão masculino – completamente impensado e de alguma forma não muito sensual e nada erótico – me dá nos nervos. Achei imaturo, adolescente, e eu, que sempre gostei de homens mais novos, me entediei de repente com o cara que estava levantando a minha bola. Não que eu não o compreendesse, também tenho problemas, mas homens que imploram por atenção me broxam. Oh, o celular tocou, deve ser ele.

A seguir, cenas do próximo capítulo...

Oi, Ana,

Li seu e-mail, depois mais uma vez, e sinceramente não consigo entender a sua reação. Você, uma mulher pra lá dos 50, encontra um homem que te agrada, desconsiderando os tênis (muitas mulheres, aliás, nem dão corda para homens com sapatos que elas acham feios), esse homem não é gay, não é casado e está a fim de você. Ele até levantou a sua bola, como você descreveu. Muitas, muitas mulheres te invejariam. A noite está amena, você está linda e se sente sexy. Aí o coitado se atrapalha um pouco e é eliminado sumariamente?

Sílvia, a estupefata.

Ai, Sílvia,

Sou muito exigente? Talvez você esteja certa. Pois o Horst, sim, Horst, o nome mais feio depois de Karl-Heinz, confessou depois que é recém-separado, e isso só confirmou o já conhecido fato sobre os homens: são crianças desamparadas e carentes de cafuné e atenção, comportamento que eles vendem às mulheres como interesse sexual. O que naturalmente não é nada sexy, porque fica falso. Por isso expliquei que nem sonhando o teria levado comigo para casa. Se for só sexo, então, por favor, que seja com paixão e humor, marmita morna não me apetece. Ele se decepcionou e disse então a pior frase possível: "Isso não é meio antiquado?", e me secou. O adolescente eterno, que constatação assustadora! Virei adulta! E, o melhor de tudo, estou em sintonia com os meus sentimentos, sexuais ou não. E: o complexo de gratidão, na linha "Ele gosta de mim, que máximo, vou fazer tudo o que ele quer" sumiu.

Subi saltitando os quatro lances de escada até meu apartamento, assobiando uma melodia – sim, me senti feliz por estar sozinha. Será que sou perversa, neurótica, velha ou só normal? Acho que a vida nos prega pequenas peças para nos ensinar algo.

Beijos, A.

Olá, normal,

Ok, o gato subiu no telhado. Por isso vou te passar uma tarefa da qual você não poderá se eximir, senão retiro minha amizade. Sério. A tarefa é bem simples: você vai sair sozinha hoje à noite! Vai se arrumar, se embonecar e sequestrar um cara. Não precisa levá-lo pra cama, mas convidá-lo para um café na sua casa e beijá-lo antes que ele vá embora.

Divirta-se! hu hu.

Sílvia.

Hello, Sílvia,

Você enlouqueceu? Você é maldosa e chantagista, deveria ser arranjadora de casamentos. É isso o que acontece quando se tem melhores amigas casadas e entediadas (por que será?) que, por um desejo inconsciente de vingança, querem partilhar seu destino com as comportadas amigas solteiras. Por outro lado, e não estou mordendo a sua isca, você tem alguma razão, porque eu realmente deveria agir de uma forma mais razoável e moderada, ou vou esmagar todos os candidatos antes mesmo que possam dizer: "Meu Deus, você é a mulher mais linda, gostosa, engraçada, inteligente e sexy do mundo". Resumindo: você venceu. Vou encarar a tarefa. Tenho duas alternativas promissoras. Um deu tanto em cima de mim que agora vou torturá-lo e chamá-lo na chincha, o outro é um músico "mais velho" que toca hoje à noite aqui no clube e me agrada, já que adoro músicos e os acho sexy (ele toca saxofone). Te digo uma coisa: fácil não é, porque, apesar de um certo atrevimento, sou meio tímida sim.

Bem, está valendo! Apesar de isso não ser uma aposta, e sim uma tentativa de chantagem! Amanhã é sábado e irei à luta!

Um beijo aventureiro da sequestradora

Ana.

Minha maravilhosa, corajosa, aventureira amiga Ana, eu não iria tão focada à luta, e sim deixaria rolar. Simplesmente vá ao seu bar preferido ou a um clube noturno que sempre quis conhecer. Sente-se junto ao balcão, linda de morrer, já sabendo: "É hoje". O bacana dessa situação: você a determina. Você é a senhora do seu destino. Você não espera até que um homem acenda o seu cigarro, ou te aborde, ou te ofereça uma bebida – VOCÊ toma a iniciativa! Tudo pode acontecer, cada um é um alvo potencial. E, como falei, não precisa ir até o fim, sexo só em último caso, mas você tem que deixar o local acompanhada e dar um beijo de despedida. E não vale inventar, porque vou saber na hora!

Divirta-se! =)

Sílvia.

Oi, sua MS (não quer dizer Microsoft, e sim megera safada),

Rapidinho. O que você vestiria? Vestido (ou saia) ou calça? Dama sofisticada ou garota durona (tipo aquele terninho risca de giz à la Madonna de dez anos atrás?) Só não vá dizer: "Dá na mesma, desde que você se atire em alguém". Ou: "Tanto faz, as roupas vão voar longe mesmo". Claro que quero estar irresistível. Talvez devesse até usar minha antiga aliança (sim, ainda a tenho guardada) para causar um certo mistério? Aa-aahhh, quero ficar em casa, de pijamão e com um pacote de salgadinhos, assistindo àquele filme exagerado da Bette Davis, no qual ela assassina seu amante numa plantação na Sumatra ou coisa assim. Acho que vou levar uma pistola e... ok, ok, parei.

Depois te mando notícias do front erótico.

Ana.

Oi, Ana,

Quanto à roupa, escolha alguma na qual você se sinta bem e que não trave seus movimentos. Usei uma vez num encontro um jeans tão justo que me apertava em movimento ou parada, quase passei mal. Enquanto o bonitinho falava algo como "Você me agrada, você me agrada muito" enfim, eu só pensava em como abrir meu zíper disfarçadamente. Só queria inspirar e expirar normalmente, sem correr o risco de ficar sem ar. Depois da segunda taça de vinho, consegui abrir o zíper, que alívio! Mas aí ele não fechava mais! E como eu estava de top curto, não podia mais disfarçar a barriga que pulava para fora. Que pesadelo!

Por isso recomendo um jeans confortável com blusinha ou camiseta. Decotes são bem-vindos, você tem seios bonitos que não precisam ficar escondidos, e seu pescoço ainda não parece uma saia plissada. Essa roupa sinaliza: "Gosto de você, mas não fico três dias em frente ao armário para me arrumar".

Valendo.

Beijos, Sílvia.

Oi, Sílvia,

Ai, cacete, ai, cacete! Literalmente! Fazer o quê, obedeci às suas ordens. A-ha! Sobrevivi, não caí de propósito nas mãos traiçoeiras de um psicopata e tampouco precisei me esforçar muito pra me dar bem (disso eu tinha um pouquinho de medo). E estou me sentindo absolutamente poderosa, inteligente, adulta, com tudo sob controle – e não consigo parar de sorrir. Bom, vesti uma linda calça de linho preta e uma camiseta branca justa, que deixava um tantinho da barriga de fora. Fui ao clube de jazz, lá não é tão barulhento, e pedi uma taça de vinho. O cara, Tom, também estava lá. Claro, ele toca lá. Sorri descaradamente para ele, que dançava tão bonitinho com o saxofone, apontando-o na minha direção. Fui muito, muito simpática, consigo quando estou a fim, mas notei que não gosto quando um homem saca que estou querendo algo dele. Estranho, né? Então conversamos, bebi devagarzinho, mexi nos cabelos de lá para cá como uma garota de 18 anos (inconscientemente, é inacreditável!), mas tentei ser eu mesma, como se diz por aí. Ele me olhava com interesse e um pouquinho de desejo, nosso diálogo foi o de duas pessoas que dizem uma coisa pensando outra. Exatamente como mandam as leis internacionais do flerte entre homens e mulheres. Foi bacana, realmente me empolguei. Ele tem mãos lindas e uns 48 anos, eu diria. Bocejei de levinho e disse que precisava ir para casa (querido Deus, pensei, não me deixe dizer: "Me leva?"), e ele logo falou: "Te levo, claro", claro. Não moro longe do clube, então caminhamos. Gosto bastante disso, apesar de sempre ter achado emocionante a fase pré-amasso no táxi. Já em frente à minha casa, eu disse: "Que tal um pequeno drinque ou um chá?" "Adoraria", respondeu ele, e nos arrastamos pelos quatro andares acima – supersexy! Comecei bem o jogo! Ele se sentou na poltrona, NÃO no sofá onde me acomodei. Pus um CD do John Coltrane e corri de lá pra cá procurando as taças. Quando voltei da cozinha, ele estava no sofá e disse: "Senta aqui". Bingo! Foi o que fiz. Ele pousou o braço no encosto, me olhou de um jeito lindo e fez carinho no meu cabelo!! Fofo. Toquei-o então com um gesto que já vi mil vezes no cinema (copio tudo dos filmes!), da bochecha em direção ao pescoço, e lancei um sorrisinho maroto. Pois é, aí ele me beijou. Primeiro devagar, depois mais selvagem, e foi aí que eu mandei a dispensa clássica: "Olha, preciso acordar cedo amanhã". "E daí?", disse ele. Faz meu tipo! Mas fiquei firme e me desvencilhei rapidamente. Nem estava pensando na sua ordem, foi uma típica reação minha mesmo. Quando fica "perigoso", pulo fora. Ele foi embora decepcionado, mas bem-humorado. Nos beijamos na porta, e eu acenei para ele. "Espero que possamos repetir o programa", me derreti alegremente. Depois fui rindo ao banheiro e vi meus lábios borrados e meus cabelos bagunçados. O que me lembrou: nunca usem batom vermelho em encontros, senhoras. Melhor apostar na cor de boca.

Está aí. Sucesso completo. Vou repetir com todo cara que achar legal.

Que sono, preciso dormir. Obrigada pela insistência, minha severa conselheira sexual!

Até breve, Ana.

Demais, demais, demais!

Você foi o máximo! Dez com louvor! Estou mais empolgada com você do que você mesma! Deu nervoso? Uma sensação de estar no trampolim, lá embaixo, lá longe, só a água, e você quer saltar, mas ao mesmo tempo sente um frio na barriga? E quando você finalmente toma coragem e pula, que maravilhoso gostinho de aventura e liberdade! =)

Lembra-se ainda da minha pergunta sobre fazer alguma coisa pela primeira vez?

Você acabou de conseguir. E como me deixou muito orgulhosa, conquistou o direito de me passar uma tarefa. O que vai ser? Correr pelada pela cidade? Dar um concerto de piano apesar de praticar há apenas um ano sem nem conseguir tocar o bife? Atacar um homem? Não seria má ideia, minha vida sexual anda tão decepcionante que eu me sinto como uma adolescente tardia. Meu amado acabou de cair num sono profundo. Exaustão ou meia-idade?

Bem, meu anjo, pense no que posso fazer por você. E, é claro, por mim.

Sílvia.

Oi, meu tesouro,

Foi exatamente assim! Você descreveu melhor do que eu; consigo até sentir o cheiro de cloro da antiga piscina do clube – e eu de touca e maiô de florzinha. Daquele jeito seria realmente difícil seduzir alguém.

Só uma perguntinha intermediária. E suas entrevistas de emprego? Você não tinha uma na semana que vem?

Sua tarefa virá, ah, virá. Preciso só pensar em algo sacana à altura de uma macaca velha como você. Mas te adianto uma coisa, vai envolver o SEU MARIDO!

Beijos da ainda bem-humorada, Ana.

Tesouro,

Fico feliz por você estar tão bem. E, de fato, tenho uma notícia boa para contar. Fucei na internet e encontrei uma pérola no www.monsterjob.com! Uma vaga de compradora de moda, minha antiga especialidade – não quero criar muita expectativa, afinal isso faz dezessete anos, meu Deus, como o tempo voa! Depois, não posso e não quero pegar um trabalho *fulltime*, prefiro meio período. Sair de casa, deixar um pouco a família, que saudade disso! Todos os três sabem se virar, o mundo não vai acabar se ficarem umas horinhas sozinhos. Negligenciei esse tema durante muito tempo, provavelmente porque minha cara-metade ganha bem e as lojas onde trabalhei não eram grande coisa. E agora o mercado de trabalho não consegue mais acomodar mulheres de 44 anos, isso está mais do que claro. Chega de reclamar. Amanhã me apresento na loja de departamentos aqui da esquina, parece que eles vão ampliar a seção de moda, com certeza poderei ser útil.

Já estou meio nervosa. O que devo vestir, algum conselho?

Até, Sílvia.

Oi, vítima da moda,

Como o trabalho envolve roupas, arrume-se como se não houvesse amanhã. O importante é tomar cuidado para não ficar parecendo a Vivienne Westwood. Você já conhece a minha opinião sobre a moda dos últimos dez anos, que só serve para prostitutas e menininhas. Um verdadeiro dilema para mulheres acima dos 50. Ninguém está dizendo para você usar saia de flanela pregueada e brincos de pérola, mas que tal um pouco de bom-senso, humor e elegância? Ou seja, nada "fofinho", forçadamente moderno ou "jovem". Ponha aquele vestido verde-escuro retrô que eu adoro, com a sua velha jaqueta Chanel, os tons combinam, complete com os sapatos dourados de salto, uma joia e uma bolsa pequena – pronto. *Think Audrey Hepburn meets Jackie Kennedy meets Madonna*, e com toda a certeza você vai arrasar.

Mas antes virá a minha tarefa...

A conselheira.

Bom, sapatos dourados não são muito... dourados? De resto, vou seguir seus conselhos. Por favor, me fale da tarefa só depois da entrevista, ou vou passar muito nervoso de uma só vez.

Te escrevo amanhã, torce por mim!

Beijinhos, Sílvia.

Oi, Sílvia,

Talvez dourado seja mesmo um exagero. Você sabe que eu gosto de desconstruir, melhor dizendo, de misturar coisas. Nunca usaria sapatos dourados à noite com um vestido formal, e sim de dia e só no verão, com as pernas bronzeadas. E como estamos no verão... pensei que podia dar certo.

Good luck.

Beijos, musa do estilo.

Ai, meu Deus,

Estou completamente acabada. Segui suas dicas de vestuário, tirando os sapatos dourados, que substituí pelos de couro bege, desconsiderando totalmente que os usei pela última vez no seu quinquagésimo aniversário. O que já faz uns aninhos, apesar de você gostar de negar isso. Infelizmente faço mais o tipo que usa sapatos baixinhos, por isso depois de dez passos me arrependi da escolha impensada, mas nada mais combinava com a minha roupa, e então lá fui eu, com os passos hesitantes de quem já prevê bolhas horríveis, até o elevador que me levaria ao departamento pessoal. Para completar, o estresse ainda fez a minha bexiga se manifestar, mas como não topei com nenhum banheiro feminino no caminho até a sra. Hoppe, a chefe de RH, bati à porta dela nesse estado crescente de desconforto corporal, ouvi um seco "Entre" e estava tão preocupada com as minhas bolhas e a minha bexiga que só dei por mim quando reagi ao seu convite de "Sente-se, por favor" e me acomodei em frente à sua mesa extremamente organizada. Ela era jovem, tinha no máximo 32 anos, e rapidamente me senti como uma velha coroca. Era como se a qualquer momento fosse aparecer uma verruga no meu queixo. "A senhora pensa em trabalhar na nossa seção de moda?", perguntou, e me olhou de uma forma tão desafiadora que me transformei internamente na tia Käthe. Mencionei minha brilhante carreira como compradora, ela observou, infelizmente com razão e amigavelmente, que isso faz meio século, e quis saber o que me motiva a começar de novo justo agora que eu deveria pensar em trabalhar menos. "A moda é um fenômeno que reflete o espírito do tempo", me explicou, e eu concordei, mesmo sem ter a menor ideia do que ela quis dizer, "então quem trabalha no ramo deve saber ontem o que vai acontecer depois de amanhã. A senhora já ouviu falar de Buddha Monk?" "Aquele cantor de hip hop?" Pois é, sorte que meu filho ouve essas coisas bizarras e que eu frequentemente arrumo o quarto dele. "Meus filhos só ouvem hip hop", justifiquei meu conhecimento de causa, "por isso conheço TODAS as tendências novas." Disse ela que vai me ligar. Será mesmo? Não botei muita fé.

Grande beijo, Sílvia.

✉

Pobre menina rica!

É, a indústria de sapatos tem grana por dois bons motivos: sonegação de impostos e nós, mulheres. Sabia que eu nunca uso salto alto e sou conhecida como a rainha dos pisantes, e invejada por isso, porque sempre saio de casa com dois pares?

Morri de rir com o seu relato do front! EU não faço ideia de quem seja Buddha Monk! Só para registrar. Não precisa se sentir como a tia Käthe, você é bem mais chique do que muita mulher jovem com essas abomináveis franjinhas e presilhas e blusas de manga larga e cintos com fivelas grandes demais e todas essas roupas hippies copiadas arduamente ou roubadas da minha geração. Detesto essas *fashion victims* que agem como se roupa fosse um segredo elitista ao qual só elas têm acesso. Já reparou que absolutamente todas as editoras de moda e todas as mulheres desse ramo são as mais mal vestidas? Estou louca para saber no que vai dar isso. Você já marcou outras entrevistas?

Ana.

✉

Olá, Ana,

Acabei de saber que não passei. Nenhuma outra entrevista ainda.

Sílvia.

Ah, Sílvia,

Não se deixe abalar! Eles não fazem a menor ideia do que deixaram escapar, esses tontos. Amanhã é um novo dia. Não desista.

Ana.

Claro Ana,

Tem razão, me dê agora a tarefa. Preciso me distrair.

Beijo, Sílvia.

Pera, uva, maçã ou salada mista? (Lembra desse joguinho?)

Bolei um compromisso especial para você, mais especificamente com o seu marido. Você vai realizar uma fantasia sexual com ele! E precisa ser uma bem difícil, que você considere depravada, mas ao mesmo tempo supersensual. Bom: providencie algemas; se ainda não as tiver, tem para vender em qualquer loja de fantasias (ou, se você já namorou algum policial, arrume um exemplar original). Use meia arrastão e uma minissaia de couro; o chicote é opcional. Capture-o quando ele chegar em casa, um sequestro mesmo, se quiser, e algeme-o imediatamente – com as mãos para trás. Daí, tire a roupa dele e capriche no sexo oral! Bela cena, não? Se ele não ficar de quatro (não literalmente, nesse caso) depois disso, significa que você precisa praticar mais nas bananas ou nos picolés. Há ainda a versão mais lenta. Você o arrasta para a cama e o tortura por mais tempo (apenas com beijos e lambidas, não vá agredi-lo de verdade). Está aí. Essa é a tarefa. Sei que soa meio como um joguinho sadomasoquista, mas minha experiência mostra que os clássicos e os clichês fazem tanto sucesso porque, de alguma forma, nos identificamos com eles.

Beijos da sado-Ana.

Oi, sado-Ana,

Essa tarefa é realmente maldosa, nada é mais difícil do que seduzir o próprio marido. Aquele companheirismo normal de quem ronca lado a lado toda noite inibe o surgimento da fêmea poderosa. Fica quase parecendo incesto. Mesmo assim vou me esforçar, te ligo no meio da noite quando não conseguir abrir as algemas, ok? Aí você vem me salvar com uma providencial chave reserva.

Sílvia, a meio perdida.

Ah, vai, gatinha...

... você dá um jeito. Devia existir uma algema de alcaçuz pra gente comer no final. Mas vou te dar uma dica, porque já fiz isso. Tem que rolar muita risada e sacanagem, senão fica só constrangedor. Então é charme, atrevimento – e o tesão vem por si só. Se não rolar como planejado, ainda assim será mais divertido do que cochilar assistindo *American Idol*, né? Você só tem a ganhar. E seu marido vai reparar mais na misteriosa loira que dorme ali ao lado. Pode acreditar!

A sex-pert Ana.

Oi, Ana,

Não sei direito. Estou com medo de pagar mico. É complicado apresentar-se como presente-surpresa se você se sente como uma embalagem de supermercado. Mas, enfim, na guerra e no amor vale tudo.

Trêmula Sílvia.

Coragem, coragem!

Sabe onde mais vale tudo? Na religião! Eu já estava cantarolando "É o amoooooor...", ansiosa pelo seu relato, quando li que o novo papa vai virar pôster de revista de fofoca! Meu Deus (literalmente)! O mundo saiu dos trilhos? O que aconteceu com a época inocente dos lindos pôsteres em preto e branco do Elvis e do James Dean? Em casa eu não podia ler revista de fofoca. É um jornalismo de quinta, dizia meu pai, e era estritamente proibido. Então eu pegava emprestado da Brigitte, cujo pai tinha uma loja de conveniências, me escondia lá nos fundos do quintal e mergulhava nas americanizadas histórias de celebridades. Custava na época 50 centavos, *by the way*... o equivalente à minha semanada, sim senhor! Papa, fofoca, pecado, sexo, olha como está tudo interligado... E VOCÊ precisa encontrar uma ligação nova e especial com o seu marido...

A experta

Oi, Ana,

Merda, merda, merda! Eu não devia ter te dado ouvidos! Mas como não sou nenhuma estraga-prazeres, vasculhei a velha caixa de brinquedos do meu filho porque lembrei que há alguns anos ele ganhou da avó um kit de polícia com algemas. Bingo! Achei-as embaixo dos antigos gibis do Mickey e as escondi sob o meu travesseiro. Não estava a fim de responder a possíveis perguntas bestas. Mãe, quer brincar de polícia e ladrão? Não, é que a tia Ana me pôs pilha para promover uma brincadeirinha sado-masô com o seu pai. Mandei as crianças para a casa de amigos, e enquanto esperava pelo meu gostoso, vesti umas peças superprovocantes. Algumas eram reminiscências do meu passado selvagem, o resto comprei numa sex shop aqui perto. Foi meio estranho estar ali no meio daqueles pintos gigantes, mas disse a mim mesma: Sílvia, você precisa passar por eles, e acabei chegando em casa com um sutiã que deixa os mamilos de fora. Não me achei exatamente sexy, só irreconhecível e muito esquisita. Além disso, a peça não caiu tão bem, machucava terrivelmente os meus mamilos. E o fio-dental grudava entre as minhas nádegas como hemorroidas estouradas. Vesti o roupão por cima dessa maravilha toda, tomei um vinho, pus um CD de músicas românticas e esperei. E esperei. Bebi mais vinho, fiquei com mais e mais sono, até que capotei no sofá. Paro por aqui, quero te torturar um pouco!

Quer saber o resto? rs.

Beijos, Sílvia.

Oi, Sílvia,

Continua, continua, continua! Você virou autora de suspense para torturar sua leitora desse jeito? hehe.

Ana, a tensa.

Bem, Ana,

Continuando. Alguma hora meu amorzinho chegou em casa, porque ele me acordou aos chacoalhões e me olhou com cara de interrogação. "Já é carnaval?" Perguntou isso na maior seriedade. Eu estava com tanto sono que num primeiro momento não entendi direito o que ele quis dizer, mas aí meu fio dental me incomodou e caiu a ficha: "Queria te seduzir". Isso soou tão choroso que quase caí em prantos. Ele não falou nada, só balançou a cabeça e foi dormir. Fui atrás. Ele tirou a roupa e, antes que conseguisse vestir o pijama, o empurrei e de fato consegui algemá-lo na cabeceira da cama. "Que merda é essa?", disse ele, e quando o vi ali, pelado como um frango depenado, perdi todo o tesão, até mesmo aquela última fagulha que havia se acendido de novo, e comecei a rir alto.

Ele, por sua vez, não achou nada engraçado. Alguma coisa dentro de mim me impediu de soltá-lo, provavelmente eu já imaginava o que ele iria dizer em seguida. Você faz ideia? VOCÊ FAZ IDEIA? Ele falou: "Sinto muito que você esteja se esforçando tanto, mas me apaixonei por outra".

Deixei-o deitado lá e vim para o computador. Estou chocada. Só pode ser uma piada de mau gosto. Você sempre sabe como agir, o que eu faço? Snif.

Sílvia. =(

Ah, Sílvia,

Ai, cacilda! Que merda sem tamanho! Mas seu relato está delicioso, repleto de riso e choro. Te digo espontaneamente: deixe-o algemado até que se decomponha e os cães dos vizinhos arranhem a porta, excitados – por causa do cheiro de podre! Ou vou até aí e castigo o homem pessoalmente, mas aí, Deus tenha piedade. Que porco! Quem é a mulher, e por quê? Preciso me acalmar, parece que ele disse tudo isso *a mim*. Maldito filho da puta, *sorry*, é como me sinto no momento.

O pior é que ele também teria confessado sem a sua, na minha opinião, maravilhosa fantasia! =(

Até depois.

A solidária Ana.

A também é a inicial de anta,

Sorry, nada contra você, mas no momento estou tãããão puta que poderia estourar. Espero continuar assim em vez de afundar numa depressão a qualquer hora. Vou deixar esse homem infeliz, infiel, medieval e flácido, que teve a sem-vergonhice de me trair, simplesmente apodrecer. Dá para ouvir os gritos dele? Ele que grite. Vou tomar um café. Café com leite e bastante espuminha relaxante.

Beijo, Sílvia.

Droga, hoje é o primeiro dia do resto da minha vida! Não gostei nem um pouco. =(

Minha doce Sílvia,

Você certamente quis dizer do COMEÇO da sua NOVA vida, né? Vamos virar a página (ainda que isso signifique rasgá-la). A vida é bela, colorida e tem de tudo para oferecer. Não neste momento, mas virar a página também significa começar de novo. Você ainda é jovem, bonita, e agora todas as possibilidades estão abertas. Talvez você não entenda isso agora, mas já vejo uma luz no fim do túnel. Pequena, mas constante. ;)

Ana, a esperançosa.

Querida e igualmente doce Ana,

O que seria de mim sem você?! Que bom que você existe! Juntas, vamos superar isso. Vamos superá-LO!

E quando ele estiver na lama e começar a implorar, nós providenciamos um homem para você. Prometo.

Um abraço, Sílvia.

Ah, Sílvia,

Esquece o meu homem! A gente resolve isso depois. Amanhã vai estar tudo melhor. A propósito, a vida é uma merda. Bah!

Ana.

Ana,

Você está certíssima. Uma merda, uma cobra e uma puta ao mesmo tempo. Queria hibernar por um longo inverno.

Sílvia.

Oi, oi, oi!

Tá viva ainda? Não recebi mais notícias suas. Há quatro dias você não me responde. Sua secretária eletrônica estava desligada e seu celular, idem. Estou preocupada e já penso em ir te ver, para te mimar com meus bolos caseiros e te consolar um pouco. Não desista agora! Você é forte, está procurando um emprego, e uma vida sem homem NÃO é o fim do mundo!

Você não recorreu ao álcool e está agora deitada no seu sofá resmungando como uma bêbada, né? Ou será que preparou um delicioso coquetel de veneno de rato e arsênico para ele e já anda treinando seu tocante discurso de viúva? Pode falar, *darling*!

Ana, a preocupada.

Aaah, sabia que falei com a sua filha quando te liguei ontem? Ela foi curta e grossa: "Mamãe está se comportando estranhamente", e só. Um jovenzinho resmungava ao fundo para ela resumir a história, porque estava ficando impaciente. Pelo menos alguém está se dando bem num relacionamento...

Calma, Ana,

Aqui estou, não precisa se preocupar! Não sabia que era possível sentir-se tão no fundo do poço, essa mistura de raiva, medo, desespero e completo abandono é letal! Me descontrolei depois da confissão histórica do meu ainda-marido, fiquei tão puta que o deixei três horas de castigo. Me fez bem vê-lo tão desamparado e puto quanto eu, fiquei parada na frente dele e só o encarei, porque sei como ele se irrita quando não digo nada! Normalmente gosto de falar um monte, ele também desanda, aí eu aumento o tom de voz – a clássica briga conjugal. Depois de três horas, infelizmente tive que soltá-lo ou ele mijaria na cama, e eu não estava a fim de comprar um colchão novo. Mandei-o diretamente para o quartinho, para o sofá velho, desconfortável e quebrado, perfeito para um homem infiel. A "CONVERSA" aconteceu só no dia seguinte, quando eu já estava mais calma e sob o efeito de Valium. A história inconsolável de sempre – uma colega de trabalho, trinta e poucos anos, provavelmente com o relógio biológico disparado, o abordou na festa de Natal (já faz todo esse tempo, sete meses!), ele até chegou a dizer que era feliz no casamento, ela respondeu que não fazia mal, que só queria se divertir um pouquinho. Assim começou, e continuou provavelmente a cada viagem de trabalho, vai saber, e em algum momento ela falou que infelizmente havia se apaixonado por ele. E o melhor ainda está por vir! Ela ainda por cima está grávida!

SSSSSSílvia,
Isso não pode ser sério! Por acaso estamos dentro de uma novela?
Beijos da boquiaberta,
Ana.

Oi, amiga,

Esta é a situação: oscilo entre pensamentos suicidas e dores de cotovelo enquanto preciso tomar conta de dois adolescentes e ainda cuidar para que um deles não engravide. O jovenzinho que você ouviu ao telefone é o novo namorado da princesa, que, de alguma forma, sem ser notado, se mudou para cá, hoje mesmo topei com ele no banheiro. Pelado como veio ao mundo. Ele permaneceu parado e falou apenas: "A senhora pode me passar uma toalha, por favor?" Foi o que fiz, senão ele teria pegado um resfriado.

Ah, minha querida, não estou nada bem! Vou para a cama agora, me enfiar debaixo da coberta e me esconder desse mundo cão.

Até mais, Sílvia.

Oh, querida,

Não sei nem o que dizer, sinceramente. É meio como num enterro, quando se quer (mas não se deve de forma alguma) dizer à inconsolável viúva que é horrivelmente triste perder o marido, mas que tudo logo voltará aos trilhos e que, mais cedo ou mais tarde, ela estará novamente bem e apaixonada, curtindo cada minuto da vida. Bem, seu marido IC (idiota completo) infelizmente não morreu, só foi levemente avariado por você. Você não podia contratar um capanga (da máfia russa! Só 100 euros a bala!) para ao menos estourar o nariz dele? Estou só tagarelando, acho tudo isso realmente grave. Também sei que não é a hora de dizer: "Tá vendo?, te avisei há vinte anos que esse homem de olho comprido e mão-boba iria te chutar pra escanteio alguma hora". Bem, somos independentes, e cada um que cuide de sua própria sorte. "*Shit happens*", diz o ditado, e isso não é nenhum exagero. Mesmo assim, acho uma canalhice que um homem casado e com filhos se meta num caso e por pura burrice e excesso de tesão deixe a camisinha no bolso da calça em vez de colocá-la no maldito pinto. Essa gravidez é real mesmo? Você sabe que a mulherada inventa coisas, pense no nosso filme preferido, *Atração fatal*, quando a Glenn Close, revirando os olhos, conta a história da cegonha para o ensebado Michael Douglas...

Ah, minha pobrezinha... Posso te ajudar de alguma forma? Já contou às crianças? E o que você pensa fazer com a vagabunda?

Posso te ajudar nisso imediatamente! VINGANÇA! MORTE!

Um beijo e um abraço,

Ana.

Ah, Ana!!!!!!

Não posso te responder ainda, porque minha situação muda a cada segundo. Fiz uma "avaliação crítica", pelada, em frente ao espelho. O que me deixou insegura e desesperada, porque acho que pareço um saco de roupa suja com peitos que migraram para o sul (sem a minha permissão!), barriga e joelhos caídos. É de estranhar que ele tinha me deixado? Se me deito minha gordura se esparrama, se deito em cima dele, ele morre esmagado.

Sim, sim, sim, esse papo masoquista é uma bobagem e ainda por cima contraproducente, mas nada é capaz de murchar tanto a autoestima de uma mulher como um homem que prefere transar com uma mais nova. Não consigo tirar isso da cabeça! É como um feitiço. Fico imaginando os dois na cama, vejo tudo em alta resolução – a cara suada dela, o pau dele, TUDO! Como deletar algo assim do disco rígido, me fala? Quanto às crianças, ainda não mencionei as aventuras do IC (gostei do nome, IDIOTA COMPLETO). O pequeno, cego como todos os homens, não percebeu nada, mas a princesa já desconfia que aí tem coisa. Hoje cedo ela perguntou tranquilamente no café: "Diz aí, vocês vão se separar como todos os outros?" Exatamente nessa hora o IC saiu do quartinho e disse: "Melhor perguntar à sua mãe". Ele soou extremamente ofendido, dá para imaginar tamanha ironia? A princesa me lançou um olhar de provocação, mandou: "É, ela está uma chata, deve ser a menopausa", e foi à escola.

ODEIO A MINHA VIDA!

Sílvia.

Oi, Sílvia,

Você por acaso virou a madrasta da Branca de Neve? "Espelho, espelho meu..." Para com isso! Não se torture assim! Você não precisa se plantar na frente do espelho e detonar sua ótima aparência com esse olhar impiedoso! Conheço mais de uma mulher que daria tudo para ter seus quadris perfeitos e seus seios fartos! E daí que eles não são empinados, duros e artificiais como uma meia esfera ou o como o implante da Pamela "Big Teets" Anderson? Ela pode estar deitada, plantando bananeira ou virando cambalhota – os seios ficam sempre na posição de sentido, como um soldado. Soldada você também é, mas à sua maneira.

Mas eu te entendo. E também admito que exatamente por isso nunca fui tããão casada ou tããão comprometida ou tããão interessada em novos casos amorosos, por causa do pânico de cair numa situação como a sua. Ou seja, abandonada e deixada à mercê das grandes questões femininas. Sou boa o bastante? Mereço ser amada? Eu sou covarde! Por isso vá à luta, corajosa guerreira, te admiro, porque eu mesma nunca fui recrutada.

Sabe o que me veio à cabeça hoje? Todos os furacões têm nome de mulher. Por que será? Já sei, o inventor dos nomes mais destruidores (no mais puro sentido da palavra) provavelmente traía a mulher e ela descobriu, e então – pow, vum, crash, foi o maior barraco. Talvez você deva varrer a sua existência como um furacão e livrar-se de tudo o que for empoeirado, perdido, supérfluo? É só uma imagem que bolei, você me conhece, penso em imagens.

Então, varra tudo! E volte renovada – quando for a hora. Sei que não existem soluções instantâneas. Só se for Nescafé. E o gosto é horrível. Blé!

Levante a cabeça, estufe o peito!

Ana.

Ah, menina,

Seu e-mail me fez muito bem. Não sei o que faria sem as minhas amigas. Você não acha que o mundo sem testosterona, em princípio, seria bem mais pacífico? Nada de estupros, guerras, separações! No que diz respeito ao corpo flácido, obrigada por mencionar meus quadris perfeitos, mas realmente não sobrou nada deles. Principalmente quando a luz não colabora, aí é assustador. Quem é essa mulher velha e detestável?, quero gritar, não tenho nada a ver com ela! Some da minha frente! Você poderia argumentar que ninguém passa tanto tempo pelado na frente do espelho, e teria razão. Vestida ainda vá lá, porque não dá para ver nem as ondulações das minhas coxas nem a cicatriz da cesárea da minha barriga. O que eu faço? Me esfalfo na academia, deixo de comer, recorro a uma lipo ou nada disso? Tendo a ficar com a última opção, todo o resto me parece muito cansativo.

Ontem à noite o IC se enfiou na nossa cama, sem brincadeira, e eu só percebi quando ele já estava em cima de mim, quase chegando às vias de fato. Inacreditável! Na confusão do sono, me pareceu até gostoso e certo, mas aí me lembrei de tudo e o empurrei com tanta força que ele caiu no chão. "Que merda é essa?", rosnei enquanto ele se levantava. "Nada, só deu vontade", murmurou ele, já a caminho do quartinho. Ouvi quando o celular dele tocou. ELA, provavelmente. Essa situação está insustentável. Ponho o homem simplesmente para fora?

Sílvia, furacão nem direção.

Oi, Sílvia,

Não deveria existir um fórum mundial de mulheres para discutir o mistério do cérebro masculino e como ele trabalha – SE É que trabalha? Ainda assim, duvido que alguma mulher fosse capaz de jogar luz nessa escuridão. Claro que você poderia torturá-lo com insinuações sexuais e depois deixá-lo a ver navios...

Mais importante é pensar no seu futuro. Arrume uma ocupação logo, você precisa sair de casa, conviver com pessoas! Esqueça o espelho! Não deu certo com a madrasta da Branca de Neve, lembra? Que tal uma viagenzinha? Venha me visitar, ou vá ver sua irmã em Stuttgart, ou ainda um show do Coldplay em Londres...

Engate a primeira e suba a ladeira. Pense no que você quer...

Beijos da coguerreira.

Santo Deus, Ana,

Não sou tão forte e confiante como você! Não consigo simplesmente me insinuar para ele. Ao longo dos meus 44 anos de vida, dormi no total com oito homens, o seu número certamente tem três dígitos, né? Há anos que conheço apenas o confortável sexo conjugal: deitada na cama, a mulher ouve o marido no banheiro, passando fio dental. Aí ele vem dormir, ela escorrega para cima dele ou vice-versa – e às vezes é bacana, às vezes não. Nem sei mais qual foi a última vez que tive um orgasmo com o IC.

Preciso parar agora, meu cérebro derreteu, minha vida acabou!

Um beijo grande da sua amiga murcha e mal-amada.

Olá, tesouro sem brilho,

Se você murchou, eu me reduzirei a cinzas enquanto escrevo estas linhas! Como o Drácula com uma estaca de madeira no coração.

Beijocas da velha Ana.

Não, Ana,

Você não se reduzirá a cinzas, porque é azeda, tem o sangue saturado de "*piss and vinegar*", como tão bem dizem os ingleses, mijo e vinagre. Sei que você tem razão, mas meu coração e minha cabeça estão me deixando na mão. De onde tiro a autoestima se tudo está desmoronando? Toda a minha vida! O casamento que eu achava que iria durar até que a morte nos separasse! A princesa sempre foi a filhinha do papai, quando souber da triste verdade vai pôr a culpa em mim, afinal, eu poderia ter sido mais bacana. E meu príncipe só quer saber de um lar acolhedor, comida e sossego. Me sinto muito sozinha neste momento, você é a única pessoa que está ao meu lado. Soluço. Por qual fase estou passando agora? Luto, negação? Posso te revelar o mais perverso de tudo? Agora que sei que ele tem outra, voltei a achá-lo superinteressante! Claro que o odeio, mas o mistério voltou. Por causa de uma vaca que merecia ter as tetas amarradas. O que me lembra uma piada idiota. A mulher diz ao ginecologista: "Tem um caroço no meu peito". E ele: "Já imaginava, ele está mesmo um bagaço".

Devo procurar um advogado? Estou perdida. =(
Sílvia.

Ai, Deus, ai, Deus, ai, Deus!

Um advogado não, um psiquiatra! Assim não dá! Não, três vezes NÃO! Agora o porco traidor virou sexy? O que isso faz de você? Uma masomãe? Por favor, não se transforme numa criatura complacente, como uma vítima de estupro que no fim das contas ainda se pergunta se a culpa não foi dela, se ela não merecia o que lhe aconteceu. Você se questiona: fui suficientemente sexy? Ou suficientemente linda? Ou suficientemente corajosa? Tudo bem assumir uma postura crítica durante o casamento, mas não na hora em que o parceiro te deixa na mão assim! *Capito*? Você deve estar sofrendo da clássica síndrome da baixa autoestima, que ataca especialmente as mulheres traídas.

No que diz respeito à sua "carreira", e não, não vou parar de encher o saco, você precisa acreditar piamente que alguém quer você. E que você se quer! Soa meio *new age*, eu sei, mas mesmo assim.

Acabei de ler uma reportagem que enaltece as mulheres acima de 40. Falava o de sempre, como elas são descontraídas, sexy e cosmopolitas. Você é o orgulho desta nação! VOCÊ é a Alemanha! Recomponha-se! E me liga se for assolada por aquele desejo inexplicável pelo seu marido!

P.S.: Você só dormiu com OITO homens? Achei que você já tivesse mencionado algo em torno de trinta? Adoro suas mentiras! Elas são as melhores! Te ligo mais tarde.

Sua amiga Ana, que jamais revela com quantos já dormiu.

Querida, Ana,

P.S.: Só uma pergunta – você fala de carreira. Que carreira? Eu não sei fazer mais nada. Não acha mesmo que um advogado é necessário?

Doce beijo, Sílvia.

Oi, Sil,

Estava pensando sobre "até que a MORTE os separe" – e tive umas ideias... Um empurrãozinho, talvez?

Você está passando por um ataque de pânico, te aconselho a fazer exercícios de respiração nos próximos dias e procurar um guru espiritual que te transmita calma e bom senso. Você não está sozinha neste mundo. A cada segundo o drama da separação mostra sua cara nestes vastos campos do Senhor. Você pode cuspir nessa cara ou então embelezá-la.

O que VOCÊ quer? Esse é o ponto. E pense nisto: por trás de toda mulher de sucesso está ELA MESMA!

Um beijo da razoável Ana.

Oi, A-zoável,

Neste instante, infelizmente nem eu mesma sei o que quero. IC de volta? Não se ele continuar desejando a outra, ainda não cheguei tão no fundo do poço. Que tudo volte a ser como antes? Mas ele era, provavelmente, um marido entediado com vontade de pular a cerca. E, sinceramente, eu também. Quantas vezes ouvi aquela música: "Não pode ter sido assim, o restinho de domingo regado a choramingos" e pensei siiiim, assim é a minha vida, também quero "tudo azul" e "rolando numa boa". Será que fui fiel só por falta de outras oportunidades? Quão moralista eu teria sido se o pecado batesse à minha porta na forma de um carteiro maravilhoso (e inteligente)? Ou se, de repente, um peão sexy descesse da sua escavadeira e me seguisse até em casa?

Minha dificuldade é, na verdade, bem simples. Não sei se o perdão vale a pena ou se só prolonga a agonia. Mesmo se IC voltasse para mim, o que, lógico, é o que eu por algum motivo quero, há garantias de que isso não volte a acontecer? Droga, esqueci completamente que a vaca leiteira está grávida. Provavelmente nem é do IC, e esse bastardo vai disputar a herança com os meus filhos!

Preciso dar uma volta, urgente. Estou abalada demais, só isso.

Até mais, Sílvia.

Só uma coisinha rápida, meu coração,

Eu não acreditaria imediatamente, sem provas, nessa história da gravidez. É o truque mais velho do mundo – e os homens são burros, lembre-se do nosso filme preferido, com a gravidez inventada e o coelho na panela. Sim, estou me repetindo. Mas o golpe da barriga é a única arma de muitas mulheres!

Ana, a desconfiada.

Será que eu ligo para ela?

Sílvia.

Booooom, aí nós entraríamos num território perigoso, minha cara. Na guerra contra as rivais, como nas lutas de gladiadores no Império Romano, você precisa estar totalmente concentrada, controlada e inabalável. Esvair-se em lágrimas, ter um ataque, comportar-se irracionalmente e tentar fazer valer o direito de posse transforma as esposas normalmente centradas em bundonas dignas de pena e concede à OUTRA o glamuroso status de uma amazona *cool* e vitoriosa. Curto e grosso: ainda não! Você precisa antes traçar um plano de ação. Na verdade acho a ideia boa, porque você não é qualquer uma; você é a companheira, a esposa, a mãe dos filhos dele, e ela é um zé-ninguém – talvez não para o IC, mas sim no grande e vasto universo dos casamentos. Tirar satisfação é uma merda – *but so is life!* Por isso o melhor é dar um tempo e talvez tomar chás calmantes; tem um com pequenos ursinhos de pijama e touquinha dormindo na frente da lareira na embalagem. Que idílico, não?

Ana, a cabeça fria.

Oi, Ana,

Tudo isso está muito bem formulado, mas o que exatamente devo fazer agora? O que fazer com essa inquietação enorme? Com essa raiva? Com esse medo? Adoraria escrever um *bestseller* ou desenvolver uma vacina contra dor de cotovelo, mas infelizmente sou apenas uma pequena, velha e gorda esposa. O padeiro está precisando de uma balconista, será que vou nessa para aprender a repartir o pão? rs.

Beijo, Sílvia.

Olá, Sílvia,

Você está delirando. Engraçada a analogia com o pão, mas não vá virar uma maria-mole. Sei que essa situação nos transforma em retardadas mentais. Estranho, ser abandonada provoca um estado psíquico parecido com o de se apaixonar.

Beijos e abraços, Ana.

Ei, só um toque: também tenho coisas pra contar, viu?

Meu Deus, Ana,

Sinto muito se estou te irritando, mas afinal para que serviriam as amigas se não pudessem dar consolo num momento difícil? Eu também segurei sua barra quando você esteve mal, ou já se esqueceu daqueles três meses dois anos atrás, quando você chorava sem parar porque seu jovem e lindo colega teve a pachorra de se casar com uma *jovem* e linda colega em vez de escolher você, que já flertava com a ideia de engravidar? Você podia sempre contar comigo, dia e, principalmente, noite, vira e mexe também às 3 da manhã, quando não conseguia pregar o olho. Bom, agora sou eu que estou mal. Se isso te irrita, me dê um tiro.

Até logo, Sílvia.

Oi, oi, Sílvia,

Ok, tudo bem. Você tem um revólver? Ouvi direitinho o telefone tocar ontem à noite, sabia que era você. Não estava nem um pouco a fim de conversa mole. Sorte que EU tomei o chá dos ursinhos logo depois! Apesar de eu te amar, te respeitar, te fazer companhia no sofrimento, te tratar como se fosse uma delicada xícara de porcelana chinesa e te abastecer incansavelmente de conselhos espertos, você me vem com uma malcriação dessas. Tudo bem. Parece que tão frágil você não está mais. Mas você contraiu uma doença grave – a síndrome do exagero. Sim, me lembro vagamente dos "três meses" de dois anos atrás. Vagamente, porque chorei duas vezes, e xingando, porque não suporto lamentações... e dormia perfeitamente bem. E não, minha cara, eu não queria casar, quanto mais engravidar. Eu tomava pílula – algo que recomendo a muitas, muitas mulheres, incluindo sua filha, a princesa. Por favor, me faça a gentileza de não trocar as bolas, apesar de seus importantíssimos problemas conjugais, ok? E pra que todas essas comparações? Não entendi nada...

Beijinhos, Ana.

Olá,

Por que tanto alarde quando te lembro que você não foi uma dama de ferro durante cada segundo da sua quase sexagenária vida, e que houve momentos de fraqueza, coração mole e desamparo? Exatamente como estou me sentindo agora. E me lembro perfeitamente da sua reação quando ele te mostrou todo orgulhoso o ultrassom do embriãozinho recém-fecundado. Sim, os homens conseguem ser cruéis e cegos como morcegos no que diz respeito às coisas do coração. E lógico, vendo meus dois adolescentes, o príncipe calçando 44 e a princesa com piercing no umbigo, você transborda de alegria por ter se safado dessa, mas quando eles eram bebês fofinhos bem que ficava se lamentando: "Por que não tive filhos?".

Em tempo: minha filha está tomando pílula. Pode relaxar.

Até depois, Sílvia.

Oi, Sílvia,

Esse e-mail é típico de VOCÊ, a rainha da repressão e do exagero. De fato os 60 estão batendo à minha porta, mas no momento sou tão sexagenária quanto você é cinquentenária. Tenho 53, mas como levo uma vida mais saudável e menos estressante, vou viver bem mais que você. Mas deixemos isso para lá. Não sei qual o sentido dessa discussão. Mais fácil você ficar quietinha e acatar os conselhos de uma pessoa tãããão mais velha. Que tal?

Vovó Ana.

Ah, você por acaso sabe quando é o meu aniversário? Da última vez recebi suas flores TRÊS DIAS DEPOIS! Pense naquele engraçado ditado americano: Atenção! Não tenho estrogênio, mas tenho um revólver!

Deus, Ana,

Falei aquilo sobre os 60 especialmente para te provocar, e sei exatamente quando é o seu aniversário, 21 de junho. Agora para de brigar comigo, a vida já é amarga o suficiente.

Sílvia. =(

Sílvia,

Isso não explica o buquê atrasado! Bem, sobre o seu dilema agudo, queria ainda dizer o seguinte: há, em princípio, três formas de lidar com homens infiéis. 1. Você ignora o fato e o marido, porque pouco te importa, não há mais fogo mesmo. 2. Você arruma um amante para deixar elas por elas. 3. Você cava um divórcio vantajoso e fica com as coisas mais bonitas e caras. Para mulheres especialmente corajosas e espiritualizadas, há ainda a possibilidade de uma terapia de casal. O que pude perceber entre os meus conhecidos: ou o casamento termina com uma bomba ou de fato recomeça do zero. As separações "amigáveis" são lenda das boas, mas certamente já houve alguma!

Beijos, Ana.

Oi, Ana,

"Você cava um divórcio vantajoso e fica com as coisas mais bonitas e caras". Bela alternativa. Um divórcio vantajoso? Em primeiro lugar ainda não chegamos a esse ponto, em segundo, o IC pode ganhar bem, mas a vida com duas crianças é cara, por isso não há dinheiro suficiente para um "divórcio vantajoso". Ainda não terminamos de pagar a casa, mas até agora conseguimos levar uma vida tranquila. A coisa mais bonita e cara que eu poderia levar seria sua coleção de bonsais, parece que alguns exemplares valem cerca de três dígitos. Hoje CONVERSEI com as crianças, elas naturalmente se espantaram que o papai não está mais junto com a mamãe, e sim fora de casa ou dormindo no quartinho. Primeiro fiz a comida preferida delas – espaguete à bolonhesa –, depois dei um gole de vinho para cada um. O pai de vocês ama outra mulher, e pode ser que nos separemos. Super *cool* e *easy*, com meio Valium na cachola, que normalmente só tomo em voos noturnos. Eles me olharam como se eu tivesse um terceiro olho na testa, daí a princesa começou imediatamente a reclamar, porque tem medo que sua vida se torne desconfortável, enquanto o príncipe não disse nada e se mandou para o quarto. E lá ele continua, ouvindo o novo CD do Usher. Tão alto que as paredes estão tremendo. Sim, está agradável aqui agora. Passa aqui. Minha cama está livre mesmo.

Fuiiii.

Querida ainda não vantajosamente divorciada Sílvia,

Minhas dicas de divórcio eram só balela, não precisa se indignar como se eu tivesse feito uma proposta indecente. Não sou nenhuma expert em divórcios, só sei que o meu de quinze anos atrás saiu relativamente barato, porque os dois fatores dificultadores de divórcio (filhos e grana) não existiam. E sim, no seu lugar eu pensaria muito bem sobre isso. Um divórcio te machuca e te deixa pobre. Certamente você conhece os estudos sobre mães separadas que perdem o rumo e acabam como prostitutas, vendedoras da Avon ou participantes de reality shows. Meu Deus, que merda! Isso ME dói também. Tudo bem, houve uma fase em que eu me afastei de propósito da sua vida cor-de-rosa, quando você ficou cega de tão apaixonada, mas isso é normal entre as melhores amigas. O intruso e ladrão de amiga, que no fim vira um cafajeste. Que triste! De alguma forma envelheci com vocês – casório, batizado, a confirmação da princesa no ano passado (ela ainda usa a minha estrela de diamante no pescoço? É de verdade!).

Ana.

Ei, o que deu aquela entrevista de algumas semanas atrás com a mocinha *supercool* da loja? Eu iria atrás. Você precisa de um emprego! Deixe-me finalizar com as sábias palavras de Zsa Zsa Gabor: "Sou uma ótima dona de casa. Sempre fiquei com ela depois de todos os divórcios".

Ana. ;)

Ah, Ana,

Acabei de ouvir um estrondo no quarto do príncipe herdeiro, quis entrar, a porta estava trancada, gritei, esmurrei a porta, ameacei, ele abriu, a janela estava aberta, o computador tinha sumido. Ele simplesmente o jogou na rua. Porque era um presente do IC. Sua vez. Precisa-se de um conselho urgente.

Um beijo, Sílvia.

Ah, Sílvia,

Minha vez, então? Talvez eu devesse ir te ver logo, para, alternadamente, sacudir e consolar o príncipe herdeiro – e você também! Espero que não tenha sido seu precioso Mac, e sim algum micro barato e usado, espero também que vocês tenham seguro e que não haja alguém com a cabeça partida prestando queixa contra vocês na delegacia! Estou cheia de ideias, queria muito te ajudar. Mas como? Meu conselho continua sendo: pense e sinta em mão dupla. A primeira seria confrontar-se com o fim (uma palavra nada bonita, mas verdadeira) do seu casamento, a outra seria aproximar-se incondicionalmente, INCONDICIONALMENTE, da ideia de um emprego – que você, acho eu, vai precisar de qualquer forma.

De resto: não é o fim do mundo, só o fim de uma rua sem saída, da qual você retornará algum dia como vencedora triunfante. Como o ex-tesouro e atual Idiota Completo está encarando a coisa toda? Ele não precisa dar uma opinião ou uma explicação? Ele quer ir embora? Ele ama a moça?

Sua solidária Ana.

Então Ana,

Era um computador novinho em folha, comprado no supermercado, mas por 1.200 euros, presente de aniversário do IC para o menino. Não caiu na cabeça de ninguém, só virou uma carcaça imprestável. Nem pude brigar com o príncipe quando ele se sentou em prantos ao lado do cadáver eletrônico. "Não é tão grave", falei, o que naturalmente foi uma bobagem, lógico que foi grave, o troço custou caro, não tem outro, a não ser que eu argumente com o seguro que caí da janela segurando o computador.

Não é uma ideia tão má, você faria uma coisa dessas? IC nem ficou sabendo do drama ainda, passou a noite fora de casa, nem preciso dizer onde. Certamente a cama dela é macia e quentinha. Aliás, descobri que ela vai ao mesmo ginecologista que eu. Acaso ou cara de pau? Tenho uma consulta amanhã e vou descobrir se ela está mesmo grávida ou não. Tá vendo?, estou melhor, o desespero está dando lugar a uma raiva saudável.

Hoje chequei as bolsas de emprego na internet. Meu valor de mercado está em aproximadamente 0,001%. Posso esquecer o trabalho de compradora, mas talvez encontre algo como vendedora. Te ofereço 10% de desconto na tua próxima compra de roupas Gucci ou Prada.

So long. Sílvia, a semi-erguida.

Oiê, amazona,

Que bom que você está se reerguendo, pelo menos por ora. Ia mesmo te escrever e pedir desculpas por ficar te abastecendo de ideias não convencionais em vez de te ajudar de verdade. Você ainda não respondeu:

como o Idiota Completo está lidando com a situação? Ele disse algo? Se desculpou? Está conversando com as crianças? Tem planos concretos? Sei que ele não é uma matraca, lembro-me do seu olhar desamparado e das suas olheiras enquanto nós duas botávamos a conversa em dia na sua sala, mas alguma coisa o homem precisa dizer!

Pois é, compradora não vai dar mais para ser, só na vida pessoal, mas eu tentaria mais uma vez as butiques chiques e supercaras. Também não é como se só menininhas fizessem esse trabalho. Já vi muitas mulheres da sua idade desempenhando a função com desenvoltura e dignidade.

Mais uma coisa, você sabe que eu não uso nem Gucci nem Prada – há alguns anos tive uma bolsa de cada marca, que vendi num brechó. Não gosto do estilinho, mas compro com prazer um cinto na sua loja! =)

Ding-dong. Meu novo flerte tocou a campainha. A-há! Finalmente vamos mudar de assunto. De volta PARA MIM! Depois conto mais.

Ana.

Oi, Ana,

Posso resumir numa frase como o IC está lidando com a situação: ele a ignora completamente. Acho que se sente aliviado por ter confessado a verdade e agora espera calmamente pela minha reação. Ele provavelmente aceitaria qualquer coisa, desde que não precise tomar nenhuma atitude, porque aí simplesmente jogaria a culpa em mim. Se eu pedir a separação, ele dirá às crianças: EU teria ficado em casa com vocês, mas sua mãe me expulsou. Se permanecermos juntos, vai dizer: Você sabe que eu tenho uma amante, então não me enche.

Aliás, como te adiantei no telefone, fui ao ginecologista hoje, fiz um exame geral não planejado, por sorte o estresse ainda não provocou nenhum câncer. Quando ensaiei interrogar o médico depois, ele infelizmente foi muito discreto. Será que ele sabe? Provavelmente. Na saída chamei sua assistente de lado, passei-lhe uma nota de 100 euros e disse: "Gostaria de saber se aquela vaca está grávida". Ela anuiu piscando e disse baixinho que me ligaria. O consultório inteiro já sabe, provavelmente a senhora IC já se apresentou como futura esposa.

Minha vida parece, no momento, um roteiro mal-escrito. IC tem dormido frequentemente comigo, porque acha o quartinho desconfortável. Mas não conversamos. Como se chama isso na psicologia – tolerância muda?

Até mais, Sílvia.

Sílvia,

Me parece completamente surreal, como uma peça de Strindberg ou Ionesco*, que o IC fique quietinho pelos cantos, passivamente esperando que você o provoque. Não seria motivo para ataques de raiva 24 horas por dia? A assistente "prestativa" e você como mafiosa, subornando a funcionária do ginecologista, me fascinaram ainda mais. Ela deve ter percebido seu olhar de louca e agido como se tudo fosse supernormal. Te digo: "aquela vaca", apesar de toda a fertilidade da juventude, não está grávida!

Agora preciso te contar uma outra coisa, minha língua está coçando. Sim, trata-se de homens, ou melhor, de um homem. Você se lembra do Horst, aquele cara que deu muito em cima de mim numa festa, conhecido como "Posso passar a noite na sua casa, minha bela?" Nos vimos mais duas vezes – não te contei porque não aconteceu nada de novo. Tomamos um café, e ele só falou sobre a ex-mulher, e ontem saímos para jantar e foi surpreendentemente bacana. Queria dar mais uma chance ao moço e liguei para ele hoje. Estava arrumando a mala para uma viagem ao Havaí. Quando sugeri, brincando, que me levasse junto, ele respondeu num tom de arrependimento que já estava "comprometido". Conheceu ontem uma mulher de 35 anos recém-separada, simpáti-

* O sueco August Strindberg (1849-1912) e o romeno Eugène Ionesco (1909-1994) são dramaturgos do teatro do absurdo. (N. T.)

ca, e simplesmente a convidou. Disse que eles ainda não transaram, mas espera que o suco de abacaxi e a praia de Waikiki contribuam para isso. Preciso confessar que fiquei passada e, no fundo, ofendida. Por acaso isso é algo que eu não quero ou não consigo entender? Afinal, Horst tem a minha idade.

Não vou dormir na pia por causa disso, mas fiquei incomodada...

Sílvia, a perplexa.

Sinta-se abraçada, meu anjo!

DE FATO ELA NÃO ESTÁ GRÁVIDA! Imagine só! A assistente me ligou hoje cedo e sussurrou conspirativamente pelo fone que não só a vaquinha não está grávida como provavelmente nunca poderá ter filhos. Os ovários dela são colados!!!!! É mesquinho da minha parte vibrar com essa notícia? Realmente desejo tudo de ruim para ela, adoraria que fosse torturada até a morte. Por outra pessoa, claro, não quero sujar as mãos.

Bem, essas são as novidades. Qual a melhor forma de lidar com isso? Jogar a verdade na cara do IC? Talvez ele simplesmente a ame e fique silenciosamente aliviado por não precisar trocar fraldas a essa altura da vida. Mas vou arriscar. Quando ele chegar em casa hoje à noite, SE ele vier para casa, vai ouvir. Ah, vai ouvir.

Mas falemos de você. Você se surpreende com o fato de homens da nossa idade preferirem jovenzinhas a nós. É assim e pronto, nem você nem eu podemos mudar isso. Obviamente o tonto cérebro masculino acha que ter uma franguinha ao lado garante longevidade. Meu conselho – esqueça os grisalhos, pegue um moleque! Ele saberá valorizar uma mulher da sua idade, veja a Madonna, veja a Demi Moore. E o saxofonista? Ele não era o máximo?

Um beijo enorme, Sílvia.

Oi, Sílvia,

Estou supercontente. Você soa eufórica, certamente é um alívio saber que a sua família real não incluirá um filho bastardo, mas a "situação" de vocês (prefiro ainda não falar de separação ou divórcio) continua em aberto. Vou ser o advogado do diabo: O QUE você vai dizer a ele? Já pensou bem nisso? Ou quer apenas castigá-lo e ver no que dá? Conheço uma boa advogada, Gabriele Weber-Perls, meio careira, mas vale o investimento. Você deveria entrar em contato com ela. Macaca velha em se tratando de homens como o seu.

E eu? Procuro me convencer de que felicidade e solidão rimam e que eu já tive cinturinha 56 e que as pessoas me confundiam com a Twiggy na rua!

Life sucks, não quero nem começar a pensar sobre isso... O saxofonista também sumiu...

Um beijo, Ana.

Eu de novo.

Ontem reparei, ao me olhar de relance a caminho do banheiro no grande espelho que fica no meio do meu café preferido (por que esses cafés têm espelhos nos salões?), que estou cheia de cabelos brancos. Depois lembrei que encontrei o Havaí-Horst algumas vezes durante o dia. Sei que estou sendo paranoica, que mulheres acima de 50 se destacam à noite, quando todos os gatos são pardos. Mas acho que virei uma gata parda diurna... Você conhece aquela ciranda: "Verdes, verdes, verdes são todas as minhas roupas"? Adaptei para: "Cinza, cinza, cinza é todo o meu cabelo". Fala sério, estou viajando! Me chute, por favor! Só porque o fulano não me convidou para ir ao Havaí, venho com essas ideias...

Ana, a cabeça cinzenta.

Deus, AAAAAAAAAA.,

Pare de se diminuir. Você, e falo isso com quase toda a certeza, está ótima para a sua idade, elegante, bonita, inteligente, e se os fios brancos te incomodam, tinja-os e pronto. Me mande uma foto sua, não lembro direito do seu visual.

Um grande abraço, S.

Ah, S-zinha,

Que fofa você é! Tem a ver com aquela bolsa croco vintage que eu te dei ano passado meio com pesar, mas com grande convicção? Iiih, não, tingir não, prometi a mim mesma. Esse é O dilema para todas nós. Não, não e não. Prefiro me assustar na frente do espelho de vez em quando. Grisalho, na verdade, é bem elegante, ou não? Combina com roupa preta, apesar de não existir nada mais irritante do que um cabelo branco numa blusa escura – e ele sempre dá um jeito de cair bem ali. Pior que caspa...

Beijos da raposa-prateada.

Oi, Ana,

Contei ao IC, e ele não acreditou. Vai se encontrar com ela agora. Para deliberar. Essa história está ficando estranha, não acha? Tão estranha que está me fazendo bem. Descobri hoje cedo um vendedor lindo na seção de queijos do supermercado. Quer que eu o agite para você?

Beijos, Sílvia.

Ei, maluca,

Como, o quê? Ele não acreditou no quê? Na gravidez ou na sua descoberta (feita com suborno, sua corrupta!), enquanto ele estava completamente por fora? Ou no fato de ela ser uma aproveitadora barata? Vocês dois formam um casal cômico...

Não, anjinho, nada de vendedor de queijo, mas obrigada. Ele não fede? Será que se esfrega inteiro com limão depois do expediente, como a Susan Sarandon em *Atlantic City*? Nada contra ocupações ordinárias, mas se não se tratar de um herdeiro de uma marca chamada Fromage au Chapeau ou algo do gênero, eu passo. Quando eu tinha 15 anos e passava minha inquieta juventude naquela cidadezinha chinfrim, me apaixonei pelo lindo vendedor da drogaria, que estava sempre de jaleco branco. Minha mesada não dava nem para comprar o batom perolado da Revlon – uma sensação na época –, mas eu passava lá quase todo dia depois da escola e levava alguma coisa baratinha para a minha mãe. Ela estranhava meu consumismo, que de resto era bem controlado. O moço era extremamente educado e lindo. E olha só, anos depois descobri que ele virou um modelo famoso e se chama Hans. Ou seja, o queijo também pode ter futuro. Não comigo, por ora.

Ana.

Olaaaá, Ana,

É verdade, somos ainda muito novas para atacar vendedores de queijo. Pois é, e a conversa dos dois deu no seguinte, ela o expulsou de casa, em todo caso ele apareceu aqui com uma cara de tacho e só disse: "Pois é, parece que voltei". O que você acha dessa frase? Só pode mesmo vir de um homem. Mas ele me ajudou. Olhei bem para ele, e o homem com quem eu estive quase vinte anos casada se transformou de repente num completo estranho. Pensei: não sei nada sobre você e nem você sobre mim. "É aí que você se engana", eu disse, e sem pestanejar corri para o nosso quarto, baixei uma mala horrível do armário e arremessei as coisas dele dentro. Foi uma cena bem dramática, as duas crianças se jogaram sobre a mala semicheia e gritaram: "Mãe, não faz isso com a gente, o papai te pediu desculpas". Ou seja, de novo virei a megera. Mas dessa vez não me deixei abalar, fiquei super bem (pelo menos por fora, por dentro eu tremia como vara verde) e falei: "Se você não for, vou eu". Belo discurso, mas agora ele saiu de mala e cuia e eu fiquei em casa com duas crianças que me odeiam.

Queria ser você agora.

Muitos abraços, Sílvia.

Olá, durona na medida certa,

A vida é trivial como uma revista de fofoca. O homem é expulso de casa, faz a mala e bate na porta da amante. Que famoso já não fez isso? Onde ele se meteu agora?

Hum, queria expulsar um homem uma vez, deve fazer bem, não? É muito perverso da minha parte? Tenho um novo lema para você dizer ao seu próximo namorado: "Se quiser café na cama, durma na cozinha!"

Hehe, Ana. =P

Aninha,

O IC alugou uma quitinete perto da estação, pelo menos foi o que contou às crianças. Sei que ele sempre liga para elas e dá uma de coitado para que eu o aceite de volta, mas vou ficar firme. No momento não consigo suportar nem a presença dele! Foi um passo importante, não acha, sua semiemancipada? *Sorry*, semi sou eu, você é totalmente emancipada, uma mulher que deseja um homem somente para poder expulsá-lo de casa. A que ponto nós chegamos! Veja bem, eu disse nós, sou solidária. Acho que ele arriscou bater à porta da vaca leiteira porque já conhece a cama dela e isso o pouparia de dormir no sofá quebrado de algum amigo qualquer!

Me sinto melhor sem ele, minha cabeça ficou mais leve. E preciso dela, porque vou me apresentar numa butique de segunda mão superbacana. Como você vê, estou com minha nova vida sob controle. Torce muito por mim.

Beijão, Sílvia.

Sil,

Se você concordar, gostaria de mudar um pouco de assunto. Naveguei na internet e conheci uns caras. Suspense de primeira. Quer saber?

Beijo, Ana.

Oi, Ana,

Claro que quero saber. Pode mandar os detalhes sórdidos! =)

Sílvia.

Amiga,

Are you ready? Melhor você buscar um bom vinho encorpado para tomar enquanto lê. Aqui estão eles, os heróis da internet! Mantive a ortografia no original.

Georg, da Baviera, ama "o vida, o viver, o trabalho". É, tesouro, seria bom se você amasse a gramática também! Dieter, da Renânia do Norte, quer "fazer tudo o que é mais divertido a dois" – por exemplo o quê, Dieter? Ir ao supermercado e fazer faxina? "Arruaceiro2" de Berlim é *supercool*. "Viva e deixe viver é o meu lema" – de fato, um verdadeiro herói da tolerância. Não sei se o deixaria viver se passasse mais de duas horas com ele.

"Easymax" da Turíngia é o pacote completo: "Sou otimista e confiável e procuro um porto *ceguro* na vida. Sinceridade e fidelidade são importantes para mim, e também posso oferecê-las." Não, sério? Amo esquizofrenia, paranoia, traição, susto, maldade, orgulho e furto em lojas como nada nesse mundo. E seguro se escreve com "s", Mae! "Divertidokarl18", de Colônia, diz claramente: "Prefiro viajar para o sul, mas iria para o norte se encontrasse a parceira certa". Sim, já para o norte, trancados num iglu! "Mas eu trabalho e amo minha casa, um apartamento bacana no centro", diz Karl. Com certeza é num prédio artdéco com uma cobertura de vidro de onde se pode ver a cidade toda. "Charmoso12", de Schleswig-Holstein, postou uma foto na qual ele parece estar na frente da cortina do chuveiro, talvez por isso procure uma mulher "para as coisas boas, porque sei faxinar, lavar e passar". O que seriam essas coisas boas, charmosão? Uma noite divertida regada a vinho e fondue?

Acho que vou pôr um anúncio no qual confesso amar loucamente minha vagina, meu pai, minha coleção de hóstias, minha cadela de três patas e minha bronquite crônica, mas que teria espaço para um viúvo não convencional que se dispusesse a jardinar comigo só usando as roupas de baixo. Sílvia, é tãããããão triste ler essas coisas! As mulheres que dizem ter encontrado o homem da vida delas nesses serviços de encontros, do que elas estão falando? Bem, caso encerrado. Prefiro ficar numa esquina, acenar para um carrão bacana e torcer para que ele encoste.

Beijo enorme da confusa Ana.

Santo Deus, Ana,

Não desista, continue em frente! O que você quer nessa fase da sua vida? Um homem ou paz de espírito? Eu certamente quero paz, mais pela força das circunstâncias do que por vontade própria, mas enfim. O meu marido, por ora, se foi, e eu posso respirar de novo. Por quanto tempo, não sei. Já você quer um homem, né? Dificilmente o encontrará na rua, a menos que procure um mendigo bêbado. Dificilmente ele baterá à sua porta com flores a tiracolo: "Oiê, ouvi dizer que aqui há um lugar sobrando na cama de casal?". Não, existem poucos homens livres e bacanas entre 35 e 60, e se por algum acaso eles estiverem sozinhos, há toda sorte de amigas, irmãs etc., que imediatamente tratam de arranjar alguém para eles. É como um bom apartamento, nunca fica livre. Lógico que todos os idiotas do mundo estão na internet, você tem só que separar o joio do trigo. Sugiro o seguinte texto: "Não sou loira, não sou burra, procuro um homem entre 45 e 55 anos que não tenha medo de mulheres fortes e saiba cozinhar". Mais ou menos assim. Estou me arrumando para a entrevista. Minha chefe se chama Rosa Tausenschön (o nome é real*), e parece que é a pior de todas as vacas.

Beijinhos, Sílvia.

P. S.: Para finalizar, uma piada besta: uma mulher está fazendo compras no supermercado – uma fatia de queijo, duas uvas, 80 ml de leite. Ao pagar, o caixa pergunta: "Solteira?" "Como você adivinhou?", pergunta ela. "Só por causa das porções pequenas?" "Não, é que senhora é muito feia mesmo", diz ele.

Oi, Sílvia,

Por que você não conta a piada ao contrário? Um homem faz compras, a caixa pergunta...

Gostei de saber de seus planos profissionais. Finalmente está rolando. Rosa Tausenschön e você têm uma importante tarefa social a cumprir! Vou despachar um batalhão de mulheres para a sua butique. Assim você poderá contribuir para o embelezamento do mundo e para o entendimento entre os sexos. Ontem fui a uma festinha bacana de uma homeopata alternativa. Susan também estava lá, ela está casada

* O sobrenome é a fusão de *tausend* (mil) e *schön* (bonita), e em alemão soa como "mil vezes bonita". (N. T.)

agora com aquele cara que te cantou e te encantou, lembra? Enfim. Um casal estranho. Ela parecia uma puta velha fantasiada para o carnaval. Passou dos 45, mas vestia uma minissaia xadrez com apliques (!!) e botas 5/8. Para completar, maquiagem em tons de marrom-escuro, tipo bronzeamento artificial express, o pescoço branco, sombra clara, cabelos tingidos de preto e batom laranja manchando os dentes. Uma visão trágica, na verdade. Ele sempre teve esse gosto tão exótico? De novo não me encaixei nessa rodinha de burgueses bem de vida. A mulherada rica acima dos 50 tinha ou cara de mãe, ou de Barbie, ou aquele jeito de fêmea grisalha maltratada com roupas largas e assimétricas, do tipo que usa brincos antigos de diamante e sapatos com jeito de pantufas infantis. Como quem diz: se meu rosto parece pré-histórico, pelo menos os pés são os de uma criança de 3 anos. Isso precisa acabar!

Você é a nossa esperança! Precisamos de você! ;)

Ana.

Oi, Ana,

Esse cara que você citou não me cantou, e sim passou a mãozinha-boba num determinado lugar de forma bem deselegante! Bem feito! Ainda por cima ele negou depois que passou a mão em mim. Você não o cumprimentou, né?

Beijo, Sílvia.

Queridíssima Sílvia,

Claro que sim, gritei bem alto: "Você não é aquele tarado?". hehe.

Ana.

Ana,

Não creio!

Sílvia.

Sílvia,

Pois pode crer. E manda logo um e-mail contando como você está. Hoje quero finalmente ir ao cinema ver o novo filme do Woody Allen. Se bem que um homem que transa com a filha adotiva deveria estar na minha lista negra.

Um forte abraço, Ana.

Olá, Ana,

O filme é bom, e ela era a filha adotiva da Mia Farrow, não dele. Te prometo que na próxima encarnação não vou mais ser defensora dos homens.

Bem, no momento está acontecendo algo novo e inesperado a cada minuto da minha vida, o que por um lado irrita, mas por outro diverte bastante. Até há pouco tempo eu andava no automático, cada dia era como ontem e exatamente como amanhã. A vaca leiteira me ligou e soava bastante irritada, porque o IC aparentemente se mudou mesmo para a casa dela, que é só um quarto e sala. Quis saber se eu não podia mandar umas toalhas e roupas de cama para ele, porque ela não tinha o suficiente. Claro, eu disse, de quanto você precisa? Para descontar a frustração, ela agiu como se estivesse supercontente com a "vitória" e ainda perguntou, toda falsa: "Como é o sentimento de ser abandonada?". "De alívio", respondi, e sabe o melhor de tudo? Era verdade, não falei só para irritá-la. Não é lindo isso?

Bem, vamos agora à minha nova carreira.

A senhora Tausenschön me recebeu hoje na loja. Só Gucci, Prada, Versace, Missoni, YSL e outras marcas das quais nunca ouvi falar. True Religion, Tomcat, De Wiese. Ela é uma senhora austera, fina como um lápis e toda vestida de preto que só me olhou de cima a baixo e disse: "Terei que dar uma repaginada nesse estilo antes de a senhora começar a trabalhar aqui". Sorri e respondi: "Por mim, ótimo. Faz uma eternidade que não compro nada novo". Deu para ver claramente a resposta que ela queria dar, mas se esforçou para engolir: "Seu visual diz tudo, querida".

Ela disse que vai me ligar. Vai nada...

Beijo grande, Sílvia.

Oi, mulher maravilha!

Claro que a lindinha vai te ligar! Não seja tão pessimista! Nesta vida você precisa aprender a botar banca de poderosa. Na medida certa, claro, porque pela sua descrição ela se parece com a diretora da Vogue naquele romance *O diabo veste Prada*. Arremate esse emprego, caramba! Encare como uma tarefa que você precisa e vai superar.

Não posso acreditar que a vaca leiteira te pediu roupa de cama. Seus relatos sobre o casamento me lembram os anos 50, eu pensava que não existia mais esse tipo de coisa. Imagino que ela queria só pisar no seu calo e sentir-se por cima da carne seca. Péssimo estilo.

Bem, na imensa alegria por não ter que recolher os seus caquinhos do chão, esqueci de dizer: VOU TE VISITAR! Que achas disso?

Um beijo da Ana, sua cara-metade.

Querida Ana,

Só boas notícias! Consegui o emprego, começo na próxima segunda-feira. Provavelmente não houve outras candidatas, mas tudo bem.

Segunda a sexta das 10 às 14h, um turno maravilhosamente familiar, estarei pontualmente de volta para ouvir as aventuras escolares dos meus filhos e livre do medo de que a prole, traumatizada pela separação, acabe num beco com seringas de heroína espetadas na veia. Aliás, ela me aconselhou a ir toda de preto, a experiência mostra que assim erra-se menos, e ela me empresta o que estiver faltando. Devo me ofender? Não, no momento não posso. Principalmente porque vou ganhar 18 euros por hora, 8 a mais do que a minha maravilhosa faxineira polonesa, que eu infelizmente tive que demitir devido à instabilidade das minhas condições financeiras.

Ficarei muito feliz se você vier. Quando? Por quanto tempo? Espero que você não se oponha a dormir na minha cama comigo, te prometo que os lençois não cheiram mais ao IC, e também troquei a colcha.

Até mais.

Sílvia.

Oi, Sílvia,

Não se ofenda, mas durmo muito a contragosto com outra mulher na cama, ainda que seja alguém tão chegado quanto você. Depois você se aconchega em mim... O sofá da sala é chique e confortável, deixe-me por favor dormir nele. E como infelizmente ainda me lembro dos seus terríveis dotes culinários, vou levar de presente umas coisas gostosas e cozinhar para vocês, pode ser?

A propósito, o vizinho "sr. Broto" voltou da sua longa viagem aos Estados Unidos e tocou impacientemente a campainha. Disse que tinha um presente para mim. Tá sentada? Ele me arrumou uma cinta-liga numa loja para aficionados da Marlyn Monroe! Quer que eu faça o que com isso? Homem mistério...

Até mais,

Ana.

Deus, Ana,

O que você acha que deve fazer com a cinta? Pergunta besta, vista-a e seduza-o, lógico! Faça uma simples tentativa, o mundo não vai acabar se der errado! Como diz aquela linda letra, "pelado, pelado, nu com a mão no bolso"! Claro que você não precisa dormir comigo, mas seria gostoso fofocar noite adentro, como antigamente. Acho ótimo que você queira cozinhar, mas, por favor, não esquente com a minha displicência em relação às crianças, odeio isso.

Até mais, te espero.

Sílvia.

Oi, minha linda,

Você está esperta como nunca! Aparentemente não capto mais recados sexuais. Agora que você disse isso, o presente me pareceu bem original. Mas não dá para vesti-lo, porque é apenas uma PARTE da cinta. E certamente nem pertenceu à Marilyn, mas, como dizem os americanos, *it's the thought that counts*. Vou repensar o "caso Broto". Talvez precise superar minha aversão por homens pequenos!

Infelizmente não consigo ir antes da próxima sexta-feira, e até lá espero seus relatos diretamente do front da Butique Tausenschön. Mas preto está totalmente *out* nesta estação, além de ser uma cor de viúva que envelhece e empalidece toda mulher acima dos 40. Não me dê ouvidos, e sim à sua nova chefe.

Sobre a sua cria, desde que os dois não ponham hip hop no último volume à noite, serei a tia mais legal do mundo.

Divirta-se no seu primeiro dia de trabalho! Respire fundo e sorria! =)

Ana.

Oi, Ana,

Acabo de deixar para trás meu primeiro dia de trabalho, e foi o mais completo inferno! Tausenschön me cumprimentou assim: "É, uma recauchutagem geral será necessária", me empurrou para um quarto nos fundos e, quando pude novamente entrar na loja, uns quinze minutos depois, você não teria me reconhecido. TS, como passei a chamá-la em nome da praticidade, me enfiou numa saia justa na altura dos joelhos, tão justa que eu só conseguia circular pela loja aos pulinhos, e escolhi uma calça para usar a partir de amanhã, mas a cintura é tão baixa que preciso me depilar urgentemente. Mas não quero dificultar as coisas. Na primeira hora não aconteceu nada. TS, uma colega chamada Carla e eu ficamos mexendo nas roupas, fiz um curso relâmpago no caixa, um negócio altamente complicado, apertar uma tecla errada pode provocar uma pane geral, espero não fazer nenhuma bobagem. TS tem cara de que arrancaria minha pele se isso acontecesse. Quando a primeira cliente entrou, lá pela hora do almoço, Carla e eu corremos até ela, uma mulher metida, com mechas loiras, que fazia o tipo do cartão de crédito platina e tinha lábios carnudos como os da Melanie Griffith. Ela queria algo "simples e chique para a noite", e depois de quase uma hora dobrando, desdobrando, pendurando, despendurando, ela disse: "Vou dar mais uma olhada por aí", NÃO sorriu e simplesmente se foi. TS adquiriu uma expressão assassina que Carla e eu infelizmente tivemos que aturar. Então desembrulhamos e passamos peças novas. Desempacotei três caixas de saias xadrez incrivelmente cheias de pregas.

Estou totalmente esgotada. Pior que isso não fica. PRECISA melhorar.

Até breve, Sílvia.

Diz aí, amiga Sílvia,

Saias xadrez voltaram à moda? Na versão míni, né? Usei muito na escola, na verdade chama-se kilt. Vestia com meias 3/4 e tentava delinear olhos amendoados de Brigitte Bardot com lápis preto, o que era estritamente proibido em casa. Então eu me maquiava no bonde, a caminho da escola – difícil é apelido, e ainda tinha que remover tudo com creme Nivea e lenços de papel antes de chegar em casa! Mas voltemos a você! Não dá vontade de pôr essas peruas para correr peladas, só de bolsa e salto agulha, em volta do quarteirão? Admiro seu jeito amigável. Eu teria explodido rapidinho, talvez por isso tenha me tornado uma redatora solitária e antissocial em vez de atuar no ramo de serviços.

Com relação à TS, acho que existem dois caminhos: ou você capricha na arrogância (como ela) e se comporta como se soubesse absolutamente tudo – certas mulheres reagem a isso com respeito e medo (ótima mistura na vida profissional), ou então você a elogia à exaustão. Vou te visitar na loja quando estiver aí, e vou te elogiar para quem quiser ouvir. Chame todas as suas amigas para fazer o mesmo, agir de forma afetada e dizer: "O que eu faria sem a sua consultoria?" ou algo do gênero! Aí você estará firme como uma rocha!

U-hu! =)

Ana.

Oi, Ana,

Sua dica foi genial! Convoquei a Anke, aquela minha amiga rica que tem casa em Sylt e te deixa enciumada porque ela gosta mais de mim do que você. Enfim, ela foi lá hoje de manhã, e com aquela cara de ricaça, lógico que a TS imediatamente correu para atendê-la. E Anke, vou amá-la para sempre por isso, tratou-a tão mal que deu gosto. Nada prestava. Gola grande demais, zíper no lugar errado, até nos jeans da True Religion ela botou defeito, a saber, detalhes de strass comuns demais nos bolsos traseiros. TS suava, mas manteve a compostura. Fiquei de lado, arrumando as coisas. Depois de uma hora, a TS estava quase enfartando, apenas um esboço de sorriso tinha sobrado no rosto dela, e foi aí que peguei o casaco mais caro da Prada (de cashmere vermelho-escuro, um sonho de

3.900 euros!), recém-passado, e disse à Anke: "Sei que a senhora não gostou de nada na última hora, mas que tal este?" Ela sorriu e falou: "Linda peça, vou levar já". Sacou o cartão platina, ignorou a TS e deixou a loja bradando: "Por que não me mostraram isso logo de cara?". TS se afogou num mar de sentimentos conflitantes, dava para perceber que estava se sentindo de todas as formas possíveis ao mesmo tempo: feliz com o lucro, com raiva da Anke, com mais raiva ainda de mim. Decidi ignorá-la. Foi o máximo, devo admitir.

Até loguinho. =*

Sílvia.

Querida Sílvia,

O que vocês vão fazer no Natal? Ainda está meio longe, mas como solteira solitária, gosto de decidir com antecedência onde passar os feriados sentimentais. E como minha mãe teve a pachorra de combinar uma viagem à Jamaica com uma amiga (espero que não arrume um rastafári, mas ela é imprevisível!), ainda não tenho planos.

Posso passar com vocês? E chegar com um saco cheio de presentes?

Ana, a anjinha.

Anjinha,

Em princípio seria uma ótima ideia passar o Natal com você, mas Anke nos convidou, e eu, empolgada, já aceitei. Adoro Sylt nessa época do ano, e quanto mais longe de casa, melhor. Ficou triste? Vá junto com sua mãe para a Jamaica e descole um gostosinho para celebrar a festa do amor.

Um beijo, Sílvia.

Oi, Sílvia,

Primeiramente preciso digerir as notícias, se você me permite. De novo rebaixada para o segundo lugar. Ah, ANTES do Natal eu posso ir para te animar, desde que volte logo para casa? Queria alguma vez ser a sua prioridade (depois da família, naturalmente), em vez de me sentir sempre uma "penetra". Com amigas assim...

A decepcionada Ana.

Oh, Ana,

Não fica assim, vai... Quer me deixar com a consciência pesada?

Beijos, Sílvia.

Ai, Sílvia,

É só hipotético, mesmo, só um jogo mental: imagine que você diga à Anke que este ano não vai dar porque eu sou mais importante. Ou você se sente obrigada a aceitar o convite porque ela tem mais dinheiro? Sei que são perguntas capciosas, mas também é preciso refletir sobre essas coisas, acho eu. Fora que no verão passado você me disse algo parecido quando te chamei para ir a Ibiza, você estava sozinha na casa dela e não podia me receber lá. Por que os outros (como Anke) sempre têm prioridade?

Desculpe, mas estou me sentindo meio estranha.

Um abraço, Ana.

Bem, Ana,

O que deu em você de repente? Nunca fiz com que você se sentisse uma penetra, só preciso dar conta de tudo, minha vida é muito mais cheia de gente do que a sua (tenho dois irmãos casados, cunhados, cunhada com marido e quatro filhos), e todos querem ser lembrados de alguma forma. E justo agora que estou meio abatida e talvez, inconscientemente, um pouco traumatizada, seria bom um pouco de coletividade e apoio em vez de papo-furado de gente solteira. Você não está vivendo uma separação!

Portanto, recomponha-se!

Um beijo, Sílvia.

Oi, Sílvia,

De novo você me despachou com um "é assim e pronto"! Mas cabe a você romper com velhas tradições e criar novas... Tenho motivos reais para sentir-me como "penetra" de vez em quando. Sei que você é mais ocupada do que eu e tem que pensar em mil parentes. Mas não existe também uma autonomia completamente independente de tudo isso, pela qual só você é responsável, mesmo se tiver cinco filhos ou cem parentes ou nada disso? Ou isso é só mais um daqueles pensamentos extravagantes de solteira pelos quais sempre levo bronca? Solteira ou mãe, acho que ambas as condições merecem reflexão e que a mais pura verdade está no meio do caminho entre reprimir, bloquear e ignorar, entre o egoísmo, o medo e a vaidade, entre as microempresas e as multinacionais. E a verdade é o que estamos buscando, não?

A.

Olá, Ana,

Simplesmente acho um saco quando você fica assim, e vou me permitir dar um tempo até que seu humor melhore de novo. Neste instante está acontecendo tanta coisa na minha própria vida que não me restam forças para lidar com as suas frescuras. *Sorry*.

Sílvia.

Querida Sílvia,

Acho igualmente um saco quando VOCÊ fica assim, mas também não estou a fim de me fazer entender na marra. Pessoalmente, acho que você puxa demais o saco da Anke – sei que não é muito fino falar desse jeito, mas por ora vou deixar assim –, mas cada um se cerca das pessoas de que mais precisa. Se você gosta de estar rodeada de gente caça-níquel (desculpe, mas adoro essa expressão!), fique à vontade. A Anke pelo menos batalhou para ganhar esse dinheiro? Ou deu o golpe do baú? Chego em três dias...

Abraços, a ratinha.

Fofinha,

Deixe a Anke para lá. Gosto dela, ela é calorosa e simpática. Queria saber outra coisa, você não estava se entendendo com sr. Broto?

Sua curiosa Sílvia.

Oi, Sílvia,

Bom, a festa para a qual sr. Broto me convidou foi realmente bacana, com muita gente do meio artístico. Eu estava atacada e queria provocá-lo. Falei alguma coisa sobre o meu acentuado apetite sexual e que fazer amor à tarde é a coisa mais verdadeira que existe. Ele se empolgou com a ideia e já quis combinar para o dia seguinte. E sabe o quê? Eu topei! Quer dizer, topei combinar, e acabei me metendo numa fria. Também tenho meu orgulho, e não vou conseguir encarar uma terceira tentativa (você deve se lembrar das duas anteriores, quando praticamente fugi da cama dele. Uma vez o celular tocou providencialmente e eu fingi que precisava correr para acudir minha mãe, que tinha caído do sofá).

Essas foram as novidades da minha vidinha. *See you soon.*

Ana.

Oi, Ana,

Bem, no momento estou simplesmente de saco cheio dos homens, não anseio por nada nem por ninguém! A vaca leiteira colocou-o para fora, fato que, como você já deve imaginar, descobri pela minha espiã do consultório. Os pombinhos fizeram uma cena na sala de espera. Tenho a nítida impressão de que o IC vai aparecer aqui de novo, e não porque sente falta do meu luxuoso corpinho, mas porque aqui é mais confortável. Roupa limpa, geladeira cheia, cama quente. Ele se refugiou na casa de algum amigo, não quero nem saber os detalhes, só quero minha paz. Como os sentimentos mudam... Você acredita que o casamento vai durar até que a tampa do caixão se feche, e no minuto seguinte tudo desmorona, e pensando bem, você se pergunta: *esse* era o cara? Você por acaso é cega? De alguma forma essa sensação me entristece. Talvez eu realmente vire lésbica depois de velha, mas não com você, não se preocupe!

Quanto a você – o sexo é necessário e urgente. Providencie-o! ;)

Beijão, Sílvia.

Olá, Sílvia,

Ah, sim, o sexo rege o mundo. O meu também, infelizmente. Sabe do que tenho saudade? De emoções exacerbadas, de dor, de corações partidos, de excitação, de ataques de raiva, de mãos suadas, desse ódio quente que nasce quando você ama alguém e se sente descartado, mas não pode fazer mais nada. Sempre amei esses sentimentos que me levam a mim mesma e que me reconciliam comigo mesma. E os experimentei também no meu último "grande" amor, apesar dos 50 anos! Será que foi a última vez? Será que nunca mais vou amar alguém como eu gostaria? Será que temos uma capacidade limitada de amar, que um belo dia morre ou simplesmente se esgota? Não seria terrível?

Até mais, Ana.

Oi, Ana,

Excitação, ataques de raiva, isso é o que eu MENOS QUERO no momento. Preciso de calma, paz, no máximo uma massagem de uma hora nos pés, mas nada de maratona sexual, por favor! Tudo isso é muito exaustivo para mim. Mas a você eu desejo uma noite de amor top, absolutamente maravilhosa e erótica, rs.

Sílvia.

Oi, Sílvia,

Obrigada, meu tesouro, e se você por acaso topar com um gostosão, dê a ele meu celular. Brincadeirinha, hehe. Nós, mulheres, sempre buscamos misteriosas receitas prontas para tudo. Talvez isto ajude. Achei num site qualquer. Chamava-se, acho, "Coisas que uma mulher não pode deixar de ter":

uma juventude que ficou para trás numa boa – e um passado delicioso sobre o qual ela vai adorar falar quando for mais velha;

um jogo de chaves de fenda, uma furadeira sem fio e um sutiã preto;

uma amiga que sempre a faz rir e outra com quem ela pode chorar;

um lindo móvel que não seja herança de nenhum parente;

a sabedoria de se apaixonar sem se perder;

técnicas para se demitir, separar-se de um amante e trocar um pneu;

a experiência de morar sozinha, ainda que a contragosto;

dinheiro próprio suficiente para mudar-se quando bem entender.

Os últimos tópicos valem para você. No caso, você é mãe, não está sozinha e *ele* se mudou – de livre e "espancada" vontade. Já eu só preciso aprender a amar sem me perder... =)

A.

Olá, Ana,

Tudo isso soa maravilhosamente correto, exatamente como os conselhos espertos sobre como educar os filhos, que eu adorava distribuir quando não tinha nenhuma noção da verdadeira realidade. Mas está certo, agora sou uma mulher com sutiã e chaves de fenda, que está achando ótima a ausência de alguém roncando no travesseiro ao lado. No momento não consigo suportar nenhum homem, nem mesmo um casinho bobo. Estive hoje na hora do almoço com uma advogada, a mais cara da cidade (a conta vai para o IC), conhecida como "A Barracuda". Sabia que tenho direito a 3/7 do ganho líquido dele? O meu salariozinho naturalmente não entra na conta. Ele vai chiar quando souber disso! Aliás, ela me recomendou fortemente que não comece a trabalhar antes da separação, seria financeiramente desvantajoso para mim. Não gostei, porque meu emprego está começando a ficar divertido. O que você me aconselha?

Um beijo da superemancipada e desacostumada de homens

Sílvia.

Ah, dei a entender à "Barracuda" que providencio um desconto na loja se ela baixar seu preço. Isso é suborno?

Oi, Sílvia,

Você não tem mais escrúpulos! Mas nada que você fizer será pior do que o que faz essa corja de advogados. Você precisa trabalhar! A vingança criativa é ok, desde que você não tenha que cortar a própria carne. Se o trabalho fosse uma porcaria completa, tudo bem. A advogada-barracuda não tem esse nome à toa, o que é ótimo quando se precisa dela, mas as barracudas não sabem distinguir os meios-tons que as esposas conhecem tão bem. Você está trilhando um ótimo caminho, não se desvie dele. Detesto essas aproveitadoras que depenam o marido até que ele não consiga nem balbuciar "Quanto custa a brincadeira?". Não, você não quer virar uma delas! O modelo-padrão pobrinho precisa ser substituído por um mais elegante, solto e feito sob medida para você. E agora que você tem sutiã, furadeira e uma DISPOSIÇÃO doida, danada, divina, dramática e diabólica (você percebeu que só usei palavras com D) para seguir novos caminhos, *run, baby, run*! E não olhe para trás.

Ana.

Bem, Ana,

Desculpe, mas você está sendo meio ingênua. No mundo ideal, homem e mulher se reuniriam pacificamente para dividir seus bens, mas infelizmente a realidade é bem outra. No mundo real, o homem engana a mulher até cansar ou ser pego com a boca na botija, e em vez de dizer: querida, fui um idiota, pode ficar com tudo o que eu tenho, eles falam: como assim, você trabalha, para que precisa do meu dinheiro? Numa separação e num divórcio, há regras a serem seguidas, ou você fica a ver navios. Por exemplo, preciso ficar um ano separada, o que já está difícil, porque o IC diz que não estamos separados coisa nenhuma, enquanto eu sustento o contrário. Tenho que registrar isso em cartório para que a coisa pelo menos comece a andar. Como não trabalhei durante o casamento, não posso e não quero sair com uma mão na frente e outra atrás, e isso significa que IC me deve 3/7 do seu ganho líquido e 45% da sua aposentadoria. Você acha que ele fará isso voluntariamente? Não posso abrir mão de nenhum centavo, ou ficarei na pior. Por isso preciso, infelizmente, parar de trabalhar "oficialmente", pelo menos até que as formalidades estejam em ordem. Já falei com a minha chefe, ela me compreendeu e até me ofereceu trabalhar sem carteira assinada também nos finais de semana. Inesperadamente fofa, não?

Ah, sim, uma separação dói.

Sílvia.

Querida Sílvia,

Nem te reconheço assim tão segura e focada. Então tá! Você sabe o que é melhor. Não insinuei que você saísse de fininho com uma mão na frente e outra atrás depois de ter cuidado da casa e criado as crianças todo esse tempo, de jeito nenhum. Só quis dizer genericamente que temos que organizar nossa vida da forma mais independente possível. Essa do trabalho informal é ótima, ou achar isso bom nos transforma em más cidadãs? As mulheres desenvolvem essa surpreendente solidariedade pelos mais variados motivos. E para você dá na mesma trabalhar sem carteira. Assim teremos mais tempo quando eu for. Se eu for... Não, eu vou sim, nada de pânico, só preciso resolver um trabalhinho idiota. Ainda estou às voltas com aquele maldito artigo gigante que meu jovem e dinâmico redator-chefe me passou para calar a minha boca e me manter ocupada. Já acabaram as minhas ideias sobre a crise das mulheres casadas no mercado de trabalho. O seu caso eu já dissequei. Ele acabou de me devolver a primeira versão com a sugestão de escrever um texto menos "combativo" e mais "engraçado". Talvez eu me demita do meu emprego fixo, porém informal, e me junte a você na loja... Sou boa vendedora, vendo até geladeira para esquimó.

Um beijão da esforçada Ana.

Oh, bondosa Ana,

Sim, a vida às vezes pode ser mais complicada do que planejamos. Mas é a única vida que temos, por isso devemos tirar o máximo dela. Hoje cedo a princesa se enfiou na minha cama, coisa que não fazia há séculos, e na verdade os nossos ânimos andam tão exaltados que fazem o conflito entre palestinos e israelenses parecer fichinha. Mas hoje cedo ela se enroscou em mim e cochichou: "Mamãe, todos os homens são assim como o papai?" Minha língua coçou e precisei de um momento para engolir o "Sim, meu anjo, infelizmente os homens são a raça mais desprezível do planeta". Em vez disso fui nobre, superior e bondosa e mandei um: "Há sempre duas pessoas envolvidas numa separação", frase momentaneamente mais adequada à sua frágil psique adolescente. O que você acha? Aliás, hoje vou dar entrada nos papéis da separação. Estou realmente decidida. Vai demorar pelo menos um ano até que tudo se resolva. Será que volto a usar meu sobrenome de solteira, Heilemann? Não gosto muito dele.

Beijinhos, Sílvia.

Senhorita Heilemann (como se dizia antigamente),

Sério que você já vai assinar os papéis? Louco, de certa forma. Tem certeza? Não quero ser aquela pessoa que vota a favor da serenidade porque já disse várias vezes que ele é um idiota, mas trata-se de um passo importante, que merece reflexão. Ou você não está mais suportando ficar de braços cruzados?

Eu manteria o nome de casada. Rammke não é o sobrenome mais lindo do mundo, mas suprimi-lo deixaria as crianças confusas.

A.

Ei, Ana,

Tem razão, é cedo, talvez cedo demais, mas tenho a sensação de que não posso mais perder tempo, sabe? Agora que comecei, quero me livrar logo. Se o IC estivesse lutando bravamente por mim, se ele se deitasse pelado no meu capacho com uma rosa entre os dentes, talvez eu visse a história com outros olhos. Mas ele age como se tudo fosse implicância minha, como uma espécie de peido fedido que logo vai se dissipar. Ele não fala, não explica, só quer uma coisa – que tudo volte à estaca zero. Errar é humano, diz ele toda vez que me liga, de preferência à noite e ligeiramente bêbado. Mas infelizmente não dá! Simplesmente admiti que não posso nem quero continuar vivendo assim. Até meu filho disse hoje no café: "Mamãe, de alguma forma as coisas estão menos estressantes desde que o papai foi embora!" E ele tem razão. Nós três nos entendemos superbem. Confrontei o IC, curta e grossa, com duas alternativas – terapia ou separação –, e sabe o que ele disse? "Querida, você já entrou na menopausa? Por que está procurando pelo em ovo? Nem te reconheço mais."

Acredite, é melhor assim. Quando você vem, hein?

Sílvia.

Oi, Sílvia (super-rápida),

Sempre que alguém diz "nem te reconheço mais" me dá vontade de bater boca: "É, por que será? Porque você não se dá ao maldito trabalho de ouvir, olhar, sentir etc.". E a piada da menopausa é mais velha que andar para a frente, seguida da pergunta incrivelmente original que de fato alguns homens ainda têm coragem de fazer: "Você está menstruada?" Mas você sabe que o homem que vai feliz da vida à terapia só pode estar doente. Deixe-me acrescentar umas boas verdades para atualizar nossa concepção algo bondosa do caráter masculino. Na minha extinta coluna online incentivei os leitores a contar como nós, mulheres, poderíamos contribuir para que eles se sentissem valorizados e amados. "Tirando deixar-nos assistir ao canal de esportes em paz?", perguntou um folgado.

Mas ele completou: "Queremos ouvir o mesmo que as mulheres: te amo, você está lindo, nossa relação é maravilhosa". Ok.

Outro engraçadinho escreveu: "Apareça pelada na sala, traga asinhas de frango e batata frita e passe longe da TV!" Um espertalhão falou: "Tenho certeza de que milhões de homens concordarão comigo: que tal se as mulheres experimentassem fazer mais sexo do que o estritamente necessário, sem agir como se estivessem se rebaixando? E com um pouquinho mais de empolgação e humor, para que não se note mais essa eterna e monótona rotina na qual elas caíram décadas atrás? Pode exigir um pouco mais de esforço, mas vale a pena!" Aí se percebe todo o sofrimento de um homem casado há muito tempo. Mas você não tem mais desejo sexual pelo IC, entendi certo?

Até já, mais três dias, prometo.

Um beijo, Ana.

Ana,

Não, não tenho nenhum desejo pelo IC, só de pensar nele me dá um mal-estar, meu estômago embrulha todo. Mas isso não importa agora, estou mais preocupada com a mãe dele. Sim, isso mesmo, depois de amanhã ela completa 70 anos, com festança e tudo, e como gosto muito dela, naturalmente quero ir. Claro que isso me deixa apreensiva, porque o IC estará acompanhadíssimo, e como ninguém sabe da história, teríamos que pensar juntos em algumas explicações. Como aconteceu com o Brad Pitt e a Jennifer Aniston, aquele blábláblá. Infelizmente, no nosso caso, o IC não quer se separar. Ou seja, todos vão achar que eu sou uma megera.

Estou acabada, querida amiga. Mal posso esperar pela sua visita. Li a seguinte charada, elaborada por aquele poeta francês idiota, Houllebeque ou algo do gênero: como se chama a região gordurosa em volta da vagina? Resposta: MULHER! Mereceria morrer acorrentado numa biblioteca, não?

Sílvia.

Oi, megera do mal,

Ah, não, me esqueci totalmente da família DELE, tá vendo?, típico pensamento de solteira. Como era mesmo a mãe dele? Há duas categorias: a primeira é aquela que mantém o filhinho na barra da saia e te vê como a monstra que quer devorá-lo; já a segunda faz coro com você porque ele também lhe dá nos nervos. Essa é mais rara. Ela não era médica e meio decepcionada porque você, apesar de bonita e simpática, infelizmente não seguiu a carreira acadêmica? E agora também estou me lembrando do irmão mais novo dele, Jochen, um garoto bem atraente. Teve um réveillon em que eu o agarrei loucamente e ele retribuiu. Acho que foi o efeito do álcool. Logo depois nos encontramos novamente – acho que nem te contei. Mas assim à luz do dia, sóbria, adulta, com um novo ano inteiro pela frente, ele não me pareceu uma boa ideia. Envolver-se com irmãos de maridos de amigas é um tema polêmico, acho eu...

Posso só dizer uma coisa sobre esse poetinha de quinta? Ele é grotesco, pálido, quase careca e transmite a leveza de um saco de carvão. Claramente, é esse tipo de homem que divulga a medrosa aversão pela vagina tão comum hoje em dia. Acorrentá-lo não basta. Um cara desses deveria ser trancafiado numa caverna molhada em forma de vagina!

Até breve,

Ana, que já está praticamente arrumando a mala.

Meu Deus,

Olha as fantasias selvagens que você tem! Caverna molhada em forma de vagina, eca! A propósito, sei do seu flerte relâmpago com o meu (ainda) cunhado; ele desabafou comigo e te xingou com vontade porque se decepcionou com o seu corpinho caído. BRINCADEIRA! Seu corpo está ótimo para a sua idade! NÃO, você não está velha, você é a mulher de 40 e muitos mais enxuta que eu já vi. Tá bom assim? E minha (ainda) sogra não é médica, se chama Helga, e isso diz muito sobre ela. Fofinha, cabelos loiro-cinzentos com permanente, sempre de avental. Obviamente cozinha superbem, uma comida caseira deliciosamente pesada. No nosso último encontro ela me beliscou na cintura e disse: "Tá faltando gordura aí, mulher magra é chata na cama", e desde então eu a amo. Ela também gosta de mim. Nunca toma partido quando IC e eu brigamos e sempre está tirando uma torta de maçã quentinha do forno quando passo lá para visitá-la. Não me incomoda deixar de ver o IC, mas me dá um nó na garganta só de pensar que talvez ela não queira mais saber de mim. Seria quase tão terrível quanto VOCÊ sumir da minha vida. Mas você já está chegando.

Quando, exatamente?

Um beijo, Sílvia.

Oi, minha linda,

Em primeiro lugar, obrigada pelo "40 e muitos". Mas, especialmente pela manhã, quando as pálpebras estão ligeiramente amassadas e os olhos não exibem mais aquela expressão pura, inocente e meio abobada da juventude, me reconcilio comigo mesma dizendo que pertenço ao crescente grupo das novas mulheres de "40 e POUCOS", minha querida, não "40 e MUITOS", apesar de ter 53 anos. Engraçado que sua sogra – adoro a versão com avental – defenda a importância da gordura na cama! Mas não adiantou muito com o filhinho de mamãe. Já sei! Você é linda e magra demais para ele! A comida caseira de Helga não inchou nem ondulou a sua pele. Por que estamos falando de novo de boa forma? Sabia que eu nunca conheci a minha sogra? Depois do meu curto e espontâneo casamento com o Michi, nunca sobrava tempo para isso – e ela morava nos cafundós da Baviera. Era viúva, e o padrasto, um bêbado mesquinho que batia no Mike e o maltratava pra caramba. Acho que ele nunca a perdoou por isso.

Suas últimas linhas, sobre eu não estar mais na sua vida e tal, me comoveram muito. Nos últimos dias fui inundada por um enorme sentimento de perda e fiquei muito triste quando falei com o meu pai, que me pareceu debilitado e, de certa forma, desconhecido. "Vem logo, minha criança", ele disse. Amanhã vou visitá-lo e depois sigo para a sua casa! Bem, quero ser recebida com tortas de maçã tipo Helga, ainda que simbólicas, mal posso esperar! =)

Beijinhos da "30 e muitos", e nem um segundo mais velha!

Oh, Ana,

Você está tão sombria, isso me pesou no coração. Te conto agora algo da minha própria caótica vida para te distrair um pouco. Me aconteceu uma coisa da qual realmente morro de vergonha e que só vou confiar a você, minha melhor amiga. Passei a noite com o meu ainda-marido. Sim, infelizmente você leu certo, fraquejei, mas em minha defesa devo dizer que ele me surpreendeu ontem à noite – eu estava sozinha, as crianças dormiram na casa de amigos – com uma garrafa do meu uísque preferido (Haig Gold Label). E de repente lá estava ele de novo no meu sofá; eu bebi uma dose, depois infelizmente outra, e quando dei por mim estava tão louca pelo IC que nos agarramos nervosamente como nunca, nem mesmo lá no começo do namoro! Depois quis arrancar os olhos dele, principalmente quando se despediu com as palavras: "Se você tivesse sido assim durante o nosso casamento, não teríamos problemas agora".

Eu sou uma estúpida!

Sílvia.

P.S.: A princesa, magnânima, arrumou o quarto dela para você, porque vai dormir três noites na casa do novo (novo nada, primeiro) namorado. Então, em vez de ter que se ajeitar no sofá, você vai dormir numa cama linda e larga com colchão novo.

Querida Sílvia,

Infelizmente não vou poder ir. Meu pai faleceu inesperadamente. Te ligo depois.

Ana.

Ana,

O quê? Estou sem palavras. Na sua última visita ele ainda estava tão bem! Como isso aconteceu tão depressa? Estou com você em pensamento. Devo ir ao enterro?

Um forte abraço, Sílvia.

Oi, Sílvia,

Obrigada, mas ele sempre quis uma cerimônia simples, anônima. Acho totalmente deprimente, mas era a sua vontade. Te ligo quando tudo estiver resolvido. De alguma forma, tudo isso não parece estar acontecendo.

Ana.

Ei, Ana,

Sabe que lembrança tenho do seu pai? Que ele era tão vaidoso que nunca usou óculos, e lia o jornal com uma lupa. Sempre achei isso uma graça. Te espero.

Sílvia.

Oi, Sílvia,

Obrigada pelas lindas flores! Não era mesmo para eu viajar. Não dá para descrever o que se sente com a morte do pai. Ainda que ele seja velhinho e já "possa" morrer. Quando acontece, você fica sem ar. De repente a pessoa desaparece, simplesmente some, e nunca mais vai voltar. Uma pessoa que estava sempre por perto e que pertencia à sua vida, como um lábio carnudo, um dedinho do pé torto e uma pinta no pescoço, fora todas as outras coisas que você herdou dela. Você percebe que algo insubstituível foi tirado de você, a presença física da pessoa que te concebeu e que te criou. Acho que o próximo passo é conseguir me lembrar dele e imortalizá-lo no nível espiritual. Sempre haverá pessoas com você nesse caminho, suponho. Tive que esvaziar o apartamento dele, e foi uma viagem. Tocante, íntima e um pouco misteriosa, como se você estivesse à procura de algum segredo. Ele gostava de usar gorros, e quando vi sua boina xadrez ali jogada, caí em prantos. Mas aí coloquei-a na cabeça e ataquei o armário e dobrei suas camisas xadrez – outra mania dele, frequentemente combinada com calças listradas – tão minuciosamente quanto uma vendedora da butique Christian Dior. Vesti uma delas. Estranho, tive a necessidade de entornar em mim, de encostar em mim tudo o que ele usou, tocou, vestiu, um comportamento infantil ancestral, acho eu. De repente senti falta de um ritual primitivo e quis incendiar o quarto, ou pintá-lo de verde, ou pintar-me de várias cores, bater uns tambores e fazer uma dança selvagem. Mas essas coisas não são permitidas na nossa sociedade. Em vez disso se diz "meus pêsames". Essa palavra estranha me faz pensar em pêssegos e numa feira colorida. Além das fotos, peguei ainda seu roupão, uma latinha de creme Nivea, sua velha bengala de bambu, um antiquado cachecol de algodão, os suspensórios vermelhos e uma caixa de cartas, entre elas um velho cartão de dia dos pais que eu desenhei aos 6 anos de idade. E me espantei com tamanho apego...

Até logo, graças a Deus.

Ana.

Querida Ana,

Seu lindo e-mail me deixou triste de verdade. Você está sofrendo tanto, e eu não posso te ajudar. Quando os pais morrem, morre também nossa infância, e depois, assim teorizou uma amiga minha, somos os próximos da fila. Não é uma conclusão agradável. A morte de um dos pais é uma experiência fundamental, até porque, para dizer de uma forma bem banal e insensível, nos aproxima da cova. Nesse sentido, nosso luto está sempre relacionado ao medo de avançar na fila, não? Somos a geração dos jovens trabalhadores e imortais. Conformar-se com a inevitabilidade da morte é especialmente complicado para nós. Mais ainda para você, que amou tanto seu pai, porque sempre foi sua filhinha querida. Isso você não é mais, mas ainda é minha melhor amiga de todas.

Um abraço forte.

Sílvia.

✉

Sílvia,

Sim, já se passaram cinco dias, e a filhinha do papai continua acabada, mas de repente tive uma visão, como um cenário brega de conto de fadas, do meu pai flutuando em algum lugar lá em cima, sorrindo benevolente para mim (algo que ele infelizmente quase não fazia na vida real) e dizendo que estava tudo bem. O sentimento de luto permanece, mas o drama da morte de repente desapareceu. Ele foi cremado, e, inocente como sou, pensei que ganharia uma linda urna com as cinzas, que depois eu poderia espalhar num lago ou em qualquer outro lugar mágico num ritual emocionante, mas meus irmãos riram da minha cara e censuraram minhas ideias hollywoodianas. Os mortos não devem ficar espalhados entre os vivos! "O que aconteceria se todo mundo resolvesse fazer isso?..." (sem contar que derreteria a neve?). Até a morte é controlada pela burocracia. Mas agora me sinto suficientemente livre e fortalecida para finalmente ir te visitar. Essa viagem está encantada.

E lembro-me vagamente de uma confissão chocante sobre sexo com o ex-marido. Precisamos resolver isso! Até amanhã à noite.

Ana.

✉

Queridíssima Ana,

Mas o que você faria com uma urna dessas? Poria na estante? Acho isso extremamente fantasmagórico. Imagina se ela cair e espalhar as cinzas do morto pelo chão. *Sorry*, minha fantasia tomou conta de mim. Às vezes sonho com meu próprio enterro, e me pergunto quem vem, quem fica de luto e quem só finge tristeza. Observo como me acomodam no caixão, e por causa da claustrofobia, tenho um medo enorme do momento em que fecham a tampa. A consciência de que já estou morta não basta para me acalmar. Enfim, chega de pensamentos mórbidos.

Estou supercontente com a sua vinda, você vai se sentir bem no quarto da princesa. O príncipe também ficará muito tempo fora de casa, e há muito o que conversar, comecemos, enfim! =)

Sílvia.

✉

Oi, tesouro,

Estou no trem e me permiti viajar de primeira classe. Antes eu achava que isso era só para viúvas ricas e diretores gerais – e, logicamente, passageiros clandestinos como eu. Foi uma boa ideia, porque na minha diagonal está sentado um homem bem bonito, bem de negócios, óculos redondos pequenos, terno chique, totalmente apaixonado pelo seu laptop e pelos cálculos e números que passeiam pelo seu cérebro, seguidos pelos dedos elegantes e ágeis que tocam o teclado. De repente estou achando essa fria distância e essa mentalidade de administrador supersexy, até porque de resto só me interesso por artistas, e tenho a fantasia de seduzi-lo lentamente, desviá-lo do bom caminho – e depois matá-lo! Primeiro tiro os óculos dele, ah, que lindos olhos azuis você tem, vovozinha!, depois a gravata, depois abro os botões da camisa branca – mas aí ouvimos a voz rude do funcionário do trem: "Posso verificar as passagens?", e tudo desaparece, menos eu, que continuo escrevendo e-mails para a minha melhor amiga. Oh, maravilhoso mundo da tecnologia! Será que puxo papo com ele? Ainda tenho uma horinha de viagem pela frente.

Parece que realmente estou precisando de um novo namorado, né? =)

Tarada do trem.

Oi, TT,

Bem, para ser exata, não é a vovozinha que tem olhos azuis, e sim o vovozinho. Tirando isso, cenários longe de casa, inventados ou não, são sempre especialmente excitantes. No meu primeiro voo dos Estados Unidos a Düsseldorf, aos 19 anos, seduzi um homem de negócios na classe econômica. Era um voo noturno, e na época ainda não existia a Star Alliance e o overbooking, de forma que podíamos nos espalhar pelos muitos lugares que ficavam vazios. Nos escondemos embaixo da coberta, e não sei mais exatamente como e o que nós fizemos. Nunca mais vi o cara, mas minha memória registrou tudo como uma experiência bacana. Já houve histórias emocionantes na minha vida sexual, não foi sempre esse papinho de "Vamos de novo?" "Desde que você não me acorde". Aliás, obrigada por não me dar sermão com relação ao IC, já é constrangedor o suficiente. Mesmo porque foi uma das melhores vezes com ele.

Puxe papo com o moço, vamos ver o que acontece. ;)

Sílvia.

Olá, Sílvia,

Oh, ele acabou de se levantar, abriu e fechou sua elegante pasta de couro, lançou-me um olhar misto de simpatia e pesar e sacou o celular

– provavelmente para ligar para a sua Gabi ou Veronika, que o espera numa casa pós-moderna usando lingerie vermelha e com uma taça de champanhe na mão. Enquanto eu, tímida, estou indo ao seu encontro. Não me leve a mal! Com certeza ele se chama Kurt e é só um contador. Certamente mereço coisa melhor. E não estou falando do sr. Broto, de quem não tenho notícias há semanas. Acho que ele se ofendeu. Te contei isso? Liguei para ele toda bem-humorada pouco antes do nosso encontro sexual vespertino, Marvin Gaye estava cantando "Sexual healing" no rádio, a canção mais sexy que existe (talvez por isso ele tenha sido assassinado pelo pai, que era pastor. É verdade, sabia?). Disquei seu número e pus o fone junto ao alto-falante. Depois falei com uma voz lasciva e teatral: "Oooooi". – "Quem é?", rosnou ele, e lá se foi o momento mágico. Basicamente ele não conhece Marvin Gaye, muito menos essa música. Ao fundo, deu para perceber que estava ouvindo música clássica. São belas composições, mas as músicas soul e funk são exatamente o que o nome diz, *soulful*, profundas, sexy, rítmicas. Fiquei tão bodeada que, quando ele me perguntou o que era, falei rapidamente "Nada". Apresentar Marvin Gaye para um homem que ouve Beethoven é como ensinar um pombo-correio a mandar e-mails. E o sexo vespertino foi por água abaixo.

Abraços, Ana.

Oi, Ana,

Esqueça o gostosinho do trem. Provavelmente era um assassino em fuga depois de ter esquartejado uma viúva inocente e jogado seus restos mortais no rio. Provavelmente queria puxar papo para te arrastar a um lugar secreto e fazer a mesma coisa com você. Você acabou de driblar uma morte sinistra. E, por favor, esqueça sr. Broto. Já estou perto da estação para te buscar. Lembra-se ainda? Meio alta, meio loira, meio magra. Tudo médio, rs.

Sílvia.

Coisinha modesta,

Vou procurar pela belezinha mignon de cara ousada e brilhantes olhos azuis que chama a atenção de todo mundo porque está superbem-vestida, como convém a uma vendedora de butique chique! Ou estou errada? Me ocorreu que há uma semana você não diz nada sobre sua nova "carreira". Suspeito. Você está de folga ou isso não é uma tática muito esperta quando se trata de uma chefe como a Tausenschön? De qualquer forma, vou ou vamos passar lá, pode anotar. Preciso ver a classe com que você empurra tralhas desnecessárias e inflacionadas a madames frustradas!

Aliás, não faço o tipo de assassinos caretas que viajam em trens alemães. Essas coisas só acontecem no Expresso do Oriente – no qual eu viajaria com muito mais gosto!

Então "até já" – soa bem, não? Você já está a caminho e pode degustar essa pérola literária via Blackberry?

Um beijo, Ana.

Sim, Ana,

Tenho um Blackberry, mas uso-o muito raramente, não sou tão importante a ponto de ter que estar sempre conectada. E é simplesmente ridículo uma dona de casa sacar um negócio desses no estande de queijos do supermercado da esquina. E acho muito complicado digitar nele, prefiro fazer isso no computador.

E mignon... isso é passado, engordei bastante nestes últimos e frustrados meses, estou com uma estúpida camada de massa ao redor da cintura, apesar de ter só 40 e poucos anos. Perguntei ao meu ginecologista, ele explicou que a partir dos 40 toda mulher produz mais hormônio cortisol, responsável pela gordura na barriga, tão importante para as mulheres da idade da pedra, que hibernavam no inverno. Aí me pergunto, por que a evolução não é um pouquinho mais esperta e começa a dar um jeito nisso? Sobre o meu emprego, estou trabalhando informalmente durante a semana e numa base de 460 euros aos finais de semana. É isso mesmo? Preciso ficar esperta. Nesse meio tempo fiz amizade com a minha chefe, que caiu em prantos depois de um ataque totalmente infundado por causa de uma bobagem (caixas desempacotadas do jeito errado!) e confessou que está sofrendo loucamente com a menopausa e "não se reconhece mais"! Palavras dela. Consolei-a, e desde então nos damos superbem. O único problema é que ela quer reformar e redecorar a loja, mas falta dinheiro. Infelizmente também sou uma pobretona.

Bom – estou chegando, espero que seu trem esteja no horário.

Sílvia.

JÁ ESTOU TE VENDO! =)

Linda,

Estou agora na cama da princesa, enquanto você dorme do outro lado da parede e, sim, ronca um pouquinho! Fofa! Me acostumei tanto com a nossa "amizade via internet" que não consigo deixar de escrever. Ou será que ao vivo a gente se estranha? Besteira, só não consigo dormir (exagerei no prosecco?), apesar de o quarto ser aconchegante e acolhedor, ainda que toda hora eu bata a cabeça em algum bicho de pelúcia ao me virar na cama. Por que as meninas não largam mão dos bichos de pelúcia? Algumas, nem mesmo quando adultas! Neurose? Medo de seres vivos, necessidade de segurança ou controle? Mas o que eu quero dizer é o seguinte: fiquei muito feliz de finalmente te ver de novo. Você até levou flores! Se as pessoas entendessem como é gostoso ser recebida com flores, o mundo se inundaria de rosas e não haveria mais guerra. Acho que você está bem, considerando tudo o que está acontecendo. Uma frase meio besta, quase tão boa quanto "Mesmo assim você está ótima!" quando você diz que passou dos 50.

Já estou pensando no café da manhã. Vou buscar pãezinhos, quero distância do seu sem graça e politicamente correto cereal integral com iogurte desnatado (será que foi por isso que o IC saiu de casa?). Preciso de algo "substancioso". Depois vamos à "sua" loja, né?

A insone Ana.

Nossa, Ana,

Que engraçado – estou aqui sentada na cama, porque não consegui dormir depois da nossa longa conversa, entrei em alguns chats para idosos e plin, chegou o seu e-mail. Como se tivesse atravessado a parede. Também estou contente com a sua visita, o fato é que é confortante dividir uma longa história com alguém.

Durma bem, jogue os bichos de pelúcia no chão e me surpreenda com um café da manhã farto, gorduroso e nada saudável, rs.

S.

SSSSSS,

Shit, que vício! Viramos *net junkies*! Não conseguimos nos desconectar. Você deve se lembrar que meu último grande *affair* com aquele ruivo irlandês dependia tanto de e-mails que era até difícil fechar os laptops na cama para fazer sexo de verdade. E logo cedo a gente já se bombardeava com torpedos. A vigilância era tanta que eu parecia estar vivendo com o FBI.

Bem, chega de e-mails enquanto eu estiver aqui! Não, calma, talvez só unzinho antes de dormir, para resumir o dia?

Cyber-junkie.

Credo, Ana,

Se você quiser falar comigo basta vir ao meu quarto, estou aqui morta de cansada, mas sempre disponível para conversar. Então feche essa coisa, durma umas horinhas, mais do que isso não vai dar mesmo, acordo meu príncipe do coma todo dia às 6h30, e a partir daí instaura-se o caos na casa. Talvez eu deixe você ficar na cama e compre os pãezinhos, estou acostumada. Prometo todo tipo de carboidratos e nada de alimentos orgânicos.

Agora vá dormir!

Boa noite, Sílvia.

Surprise!

Te peguei roubando, acertei? Sei que não era mais para escrever, mas você não podia ter simplesmente sumido, deixado só um bilhetinho e ido prontamente substituir aquela vaca de butique só porque ela está com enxaqueca! Que chique, que dramático, como uma heroína de uma peça de Tchékhov. Ela está é de ressaca! Porque deve ter tomado uísque barato num desses eventos de indústria têxtil. Você não disse que sua melhor amiga está de visita? Vou passar aí mais tarde para te resgatar!

A malcriada Ana. =P

E não era exagero. De manhã a casa de vocês é mesmo uma zona. O barulho só perde para o de uma britadeira! Será que o *petit prince*, em vez de cantar 50 Cent no último, poderia solfejar uma pequena sonata? Agora vou tomar uma sopinha e vasculhar suas gavetas secretas, como uma criança entediada trancada em casa! hehe.

Oi, Ana,

Estou agora na minha hora de almoço e de fato consegui ligar meu Blue ou Blackberry, sei lá qual o nome desse troço. Ganhei de aniversário do IC, mas só agora estou aprendendo a mexer nele. Minha chefe não está de ressaca, te falei que a coitada está quase explodindo.

Sorry, ela acabou de chegar. Preciso ir. Passe aqui sim, e finja ser uma ricaça. Quanto aos meus pirralhos, deixe estar, como diz minha mãe.

Sílvia.

Oi, você ainda está aí?

Um homem chamado Gerd acabou de te ligar. Fiz certo em atender? Que voz sexy! Só falei alô, e claro que ele me confundiu com você. Disse que estava esperando pelo meu (quer dizer, seu) prometido telefonema e que é um cozinheiro de mão cheia!??? hehe.

Please, explain!

Ana.

Oi, Ana,

A maluca suada acabou de ir ao médico e a loja está às moscas, então rapidinho. O Gerd foi buscar a namorada na loja, e pintou um climinha. rs. Voltou sozinho no dia seguinte e tomamos um café juntos. Não mora com a namorada, mas preciso me acostumar com o fato de que todo homem tem uma namorada. Acho-o deliciosamente sexy, espero que a recíproca seja verdadeira, de um jeito ou de outro ele me convidou para jantar. Na casa dele. Devo?

A abelhinha.

Olá, abê,

Sei, sei, bem-vinda à realidade dos solteiros! Mas antes de obter minha permissão, descreva-o melhor. E pergunte se ele tem um irmão! hehe.

Bem, acabou de ligar um homem chamado sr. Broto – eu atendi com um "Oi, anjo", porque pensei que fosse você. Ah, e ele gostou. Foi bem simpático, disse que estava com muita saudade. Não dá para entender, porque nas últimas duas semanas ele não deu nem um pio. Não tenho mais paciência para esses truques batidos. Sempre que não estou em casa, e isso o homem detecta como um radar, ele me bombardeia com e-mails e ligações engraçadinhas, porque deve se sentir mais seguro. Juro que vou desarmá-lo, encostá-lo na parede e seduzi-lo de uma vez por todas, juro.

Chega de e-mails! Agora a conversa será cara a cara.

Ana.

Sim, sim, sim,

Tem razão. Chega de e-mails, até porque minha chefinha acabou de voltar e está pendurada numa cliente de cara péssima. Tomara que ela pelo menos compre alguma coisa e não desconte sua frustração conjugal em mim. Não esquece, hoje vamos jantar com a Anke!

Até mais, Sílvia.

Olá, *femme fatale*,

Apesar da proibição dos e-mails (e por causa do seu celular desligado!), gostaria de saber onde a senhora estava ontem por volta das 2 da manhã, depois do jantar na Anke. Como a porta do seu quarto estava aberta, dei uma olhadinha lá dentro quando fui fazer o meu xixi noturno...

Sua filha-princesa apareceu toda chorosa hoje cedo, às 7 da manhã, porque brigou com o namorado. Cadê minha mãe?, reclamou. Pois é, não soube responder. Agora são 8h30, e eu vim parar na velha Confeitraria

Krämer (na verdade, adoro esses lugares decadentes), que ainda resiste e oferece corajosamente um buffet de café da manhã.

Hoje é nossa última noite! Não esquece!

A vigilante =*

Ana.

Oi, Ana,

Ai, caramba, me pegou no flagra! Então, se você quer mesmo saber, estive com o dono da voz do telefone. Ele me ligou por volta da meia-noite e só perguntou: "Toma um café aqui comigo?". (Ele poderia também ter me convidado para ver sua coleção de borboletas.) Bem, aí eu simplesmente fui.

Se você quer saber o "que" aconteceu, é exatamente o que está passando pela sua cabeça, sua safada! Não me arrependo nem um pouco, apesar de ele ser pelo menos quinze anos mais novo e de a namorada ter acabado de embarcar para a Austrália, mas por pouco tempo, ou seja: não haverá cenas do próximo capítulo. E é melhor assim. Mas posso dizer uma coisa? Nada faz tão bem como uma noite inteira transando. Nada!!!!!

A corujinha.

Certo, sua deusa do sexo pervertida,

Estou aqui de novo no trem, infelizmente na secura (espero que não esteja tão na cara), mas, por outro lado, levemente de ressaca, pensando na nossa inesquecível noite de ontem. Gostei de as crianças nos terem feito um pouco de companhia. Mal as vi – só as ouvi – nos últimos quatro dias. Mas a princesa está magrinha, ela não come? Preciso dizer que fiquei preocupada. Você está monitorando isso? Já conversaram? Talvez seja só a separação...

Mas a lasanha estava divina – isso ao menos você sempre fez direitinho. Acabo de reparar na "supersacola" que você me deu, cheia de coisas lindas. Não são roubadas da loja, né? hehe.

Veremos o que me espera em casa. Tudo menos sr. Broto...

Um beijão da Ana, já com saudades.

Certo, sua tia comportada.

Por favor, não se preocupe com a minha filha, ela simplesmente tirou a sorte grande com o corpo, se você visse a quantidade de sucrilhos e M&Ms que ela come toda manhã e quanto ela ainda beliscou da lasanha ontem à noite, a doença que passaria pela sua cabeça não seria bulimia, e sim obesidade mórbida. De resto, reitero: o sexo refresca e rejuvenesce. Pratique-o urgente, antes que você desista para sempre! Drástico, mas verdadeiro.

Sílvia.

Ah, santo Deus, Sílvia,

Mal cheguei em casa e abri o Bärbel (você sabe que esse é o nome do meu laptop?) e já vem você com seu maldito tema preferido, com o qual, aliás, você mesma pouco tem a ver. Me deixe em paz! Preciso primeiro me acostumar novamente à minha casa, checar tudo, como um cachorro, mudar uns móveis de lugar e jogar umas coisas fora. Quando fico mais de três dias fora sempre surge um estranhamento na volta. Especialmente quando volto de um ambiente tããão louco, com uma amiga meio separada, uma adolescente magra e precoce demais, um amante de hip hop com calças gigantes e um time de figuras bizarras que fariam sucesso em qualquer agência de modelos estereotipados (me refiro à Tia Tausenschön e à Anke, a Anta).

A estranha Ana.

P.S.: Recebi um buquê anônimo de rosas vermelhas. Foi você? =)

Aninha,

Fiquei meio ofendida com a sua descrição da minha família, filha anoréxica, filho rapper, sobrou até para a TS e a Anke. Por que você nem mencionou o IC? Depois que você foi embora tive uma verdadeira crise moral. Vi um filme bobo na televisão, três gerações de uma mesma família morando juntas e felizes, e aqui, como fica? Uma mãe separada e amargurada, dois adolescentes atacados e um hamster entre a vida e a morte. Socorro! Não foi assim que planejei a minha vida! Sou uma mãe displicente por privar as crianças do pai delas sem um bom motivo? Sou sensível demais, ansiosa demais? De todo jeito, a fidelidade não é uma virtude sobrevalorizada?

A confusa Sílvia.

Ah, sua mãezinha ingrata e confusa,

Você precisa enxergar a realidade e aceitar uma crítica. Você sabe que as mães são meio cegas. Tudo bem. Como não vi o IC, para mim ele caiu no limbo de uma certa não existência. Não vi esse filme de ontem à noite, mas acho que não é uma boa ideia assistir a esse tipo de programa, essas comédias familiares populares (o pai sentado na poltrona lendo jornal, a mãe perambulando de avental, enquanto as crianças brincam na sala). Melhor ver aqueles terríveis Osbournes, ou a tenebrosa Família Adams – ou que tal a família real inglesa?! Perto deles você se sentirá uma Mary Poppins. "É como é", dizia sempre minha amiga Ulla, uma impiedosa representante das mais diversas filosofias orientais. Você não tem "culpa", no sentido literal da palavra. As mães também têm o direito de pensar em si mesmas e na própria felicidade. No entanto, se você não for feliz agora, querida, que Deus tenha piedade! Encare isso como uma obrigação! E, para a sua informação, li uma reportagem que afirmava ser impossível uma relação sexualmente excitante e, ao mesmo tempo, duradoura e estável. Por isso está tão na moda pular a cerca. Você só está seguindo a onda (IC, no entanto, também).

Outra coisa: os hamsters também têm que morrer... não leve para o lado pessoal.

Sua melhor amiga.

Pois é,

Claro que você tem razão, mas depois de tanto tempo juntos é normal ficar triste com a separação, né? E o que vem depois? Uma dor vazia, que dói sem motivo? Sei que preciso passar por isso, mas é o seguinte, o IC simplesmente me obrigou a tomar um caminho que eu mesma não escolhi voluntariamente. Nunca quis me separar e me tornar uma mãe sozinha aos 40. Agora sou como você – sem homem, sem esperança, sem sonhos.

Ou você encara isso de outra forma?

S.

Ei, Tausenschön me propôs sociedade. Precisa de 30 mil euros. Me empresta a grana, você não é rica? Brincadeirinha, meu anjo, infelizmente você também é uma pobretona. =P

S,

Diz uma coisa, que bicho te mordeu? Sem sonhos, sem esperança, sem homem? Então faça o favor de incluir: sem pneus, sem depressão, sem pânico. Você bem sabe que tenho inúmeros sonhos – um deles é, no nosso próximo encontro, te estapear por esses eternos absurdos que você diz. Como você vê, não tenho homem, mas tenho humor. Será que existe uma relação entre as duas coisas? Talvez o seu humor evolua um pouco agora que você está solteira... E tenho esperança, sim – por você! Que você continue sendo uma boa mãe (ainda que sua prole encha o saco às vezes), deixe de lado sua mentalidade de dona de casa, cuide do seu espírito e seja rica, feliz e realizada. Pronto.

Se você se comportasse, eu pensaria sobre o assunto do dinheiro. Conheço gente bem abastada... e você sempre pode pedir à sua querida Anke.

Ah, as rosas eram do sr. Broto. Bem que imaginei!

A esperta Ana. =)

Oi, Ana,

Você se irrita demais quando questiono, ainda que de leve, a sua condição de solteira mais feliz e realizada do mundo. *Sorry*. Ainda não me adaptei ao status de mulher sem homem, apesar de eu mesma ter "provocado" isso. Decidir tudo sozinha, ninguém para aquecer seus pés na cama, não há mais um "nós", apenas a minha própria insignificância. Preciso me acostumar com tudo isso. Bem, chega de reclamar. Se você conhece gente rica que investiria num novo negócio, libere já esses contatos!

Diz uma coisa, tenho uma pergunta: por acaso você se encontrou com o IC algum dia? Ele agiu de modo estranho quando falamos rapidamente sobre a sua visita. Como quem tem culpa no cartório. Foi só impressão, né?

Um beijo grande, Sílvia.

Ah, Sílvia,

Não acho que você só questione minha felicidade como solteira. Mais do que isso, às vezes me parece que você tem inveja, melhor dizendo, que você projeta em mim o medo da sua nova condição de solteira.

Já tive que ouvir várias observações esquisitas suas, como se você fosse a rainha dos relacionamentos, enquanto os solteiros, a ralé. E agora, sim, admito, tenho que sorrir (sem maldade, sério) quando penso: "Agora ela vai ver como é".

Ana.

PS.: Mesmo assim, estou com saudades de você e das nossas noites "caseiras". Engraçado como nos acostumamos rapidamente a alguns rituais. Você à mesa da copa com uma taça de shiraz australiano (obrigada pela dica), Sheryl Crow de trilha sonora, enquanto eu cozinho e nós fofocamos e rimos tão alto que fazemos as panelas tremer...

Ana,

Tudo azul, minha querida – e sim, as festas na cozinha arrasaram, e finalmente aprendi como fazer um molho para salada com uma colherzinha de água de coco, shoyu e coentro –, mas agora quero te fazer uma pergunta simples, por favor responda curta e grossa. Você se encontrou com o meu marido em algum momento quando esteve aqui? Minha vizinha M. viu, da varanda dela, vocês dois entrando no carro. Ou você tem uma irmã gêmea que eu ignorava?

Sílvia.

Querida Sílvia,

Mas o que é isso agora? Que pergunta idiota! Sim, há dez anos tenho um caso secreto com seu ex-marido. Sou a loira misteriosa de óculos escuros e chapéu com quem ele foi visto em todas as pousadas no Norte da Alemanha. E temos um filho, Klaus-Dieter, que mandamos para um internato. Está boa a "confissão"? Você sabe como são as vizinhas...

Ana.

Ana,

Quer saber?, me deixa em paz. Não quero escrever agora.

Sílvia.

Oi, Sílvia,

Tá falando sério? O que foi? Há três dias não tenho notícias suas. Você foi raptada por um malandro bonitão no caminho do supermercado e agora está na cama dele, esperando o resgate? E por falar em dinheiro, descolei um potencial investidor. Tá vendo?, estamos todos do seu lado!

Ana, a corretora financeira.

Oi, Ana,

Preferi me calar porque não sei como reprimir minha raiva, queria enfiar minha faca mais afiada no seu coração traidor! Você saiu com o IC, sei muito bem, você mentiu para mim. Minha vizinha te conhece e te viu. Por que você omitiu uma coisa dessas? O que há para esconder?

Só vou escrever de novo quando obtiver uma resposta satisfatória.

Sílvia.

Droga, Sílvia,

Me sinto péssima. Não sei como te explicar toda essa história com o seu ex. Na verdade não há tanto o que explicar, porque parte disso é um enorme mal-entendido. Mesmo assim entendo sua raiva. Sim, me encontrei com ele naquela noite em que você sumiu com o Gerd. Queria confrontá-lo, ouvir a sua versão da história. Sei que as mulheres tendem a enxergar as amigas como 100% suas e exigir delas lealdade absoluta. Sou extremamente leal, mas também curiosa, e também tenho um passado comum com o IC. Quando você conhece um casal há vinte anos, não dá para simplesmente abrir mão de um dos dois, mesmo numa separação. Não quis te contar isso porque as pessoas recém-separadas quase nunca reagem racionalmente. Acho até que, inconscientemente, tentei intermediar alguma coisa, loucura minha, claro, mas assim são as pessoas. Ninguém quer mudanças radicais no seu círculo de amizades. "Permaneça sempre assim", torcemos todos, "não deixe a peteca cair". Conversamos algumas horas, tomamos vinho, ele quase chorou, depois voltei direto para casa, o que infelizmente você não poderá confirmar porque estava fora...

Sinto muito por não ter contado. Mas por que tanta raiva e ciúmes, se você não o ama mais? De qualquer forma, não aconteceu mais nada mesmo.

A envergonhada Ana.

Ana,

Tenho certeza de que você está me enrolando. Por isso, antes de entrarmos em outros assuntos, como sua emocionante solteirice, homens, minha prole mal-educada, meu futuro incerto, quero saber exatamente por que você encontrou o IC pelas minhas costas e fez coisas sobre as quais não quer me contar. Talvez não tenha sido correto da minha parte, mas não me aguentei, liguei para ele e o confrontei. Culpado, ele admitiu que "não aconteceu nada fora uns beijos inofensivos". Não estou entendendo direito. Por que você o beijou? Você não tem outras opções, como por exemplo aquele seu vizinho idiota? Há quanto tempo está rolando isso?

Sua vez.

Sílvia.

Sílvia,

Seu telefonema pelas minhas costas não é menos grave do que meu encontro com seu ex. E ele é seu ex, não é? Não tenho explicações racionais para tudo. Não sou perfeita. Eu só queria ouvir o outro lado, de verdade. Mas de alguma forma aconteceu. Pintou um clima... emoções intensas e abertas vêm à tona quando a vida dá essas reviravoltas, e a separação também está sendo traumática para ele. E preciso confessar que vira e mexe rolava uma tensão sexual entre a gente ao longo desses anos. E ele me ligava quando você estava na casa da Anke, de férias. Normal. Sim, estive no apartamentinho de merda dele, deitada no sofá, beijando-o apaixonadamente. Só isso. Levantei, pensei que aquilo parecia um filme B, alisei minha roupa e fui embora.

Essa é a história. Me dê um tiro, ofereça à TV aberta se quiser. Não posso mais mudá-la.

Ana.

✉

Meu Deus, Ana,

Estou tão puta que preciso de um tempo. Como você pôde aprontar isso comigo? Você fala de "emoções intensas e abertas" em relação a meu marido, do qual ainda não me divorciei, e age como se fosse a coisa mais normal do mundo? Não importa o motivo, isso não se faz com a melhor amiga. Você é horrível, e eu me sinto uma idiota por ter confiado em você.

Sílvia.

✉

Oh, Sílvia,

Me dói na alma e no coração saber que você me acha horrível. Mas você está sendo meio injusta. Fui muito sincera e estou sendo castigada por isso. Sim, agora, olhando para trás, esse episódio também me parece bastante confuso, mas você nunca fez nada sem pensar? A idade me ensinou que precisamos aceitar a imperfeição das pessoas, e isso vale também para as melhores amigas. Porque acho que depositamos nelas expectativas enormes e impraticáveis. As pessoas que amamos sempre vão nos decepcionar. É assim mesmo...

Sinto muito...

A triste Ana.

Sílvia,

Passou uma semana e você não me respondeu. Está tudo bem?

Ana.

Ooooiiiiii!

É terrível o seu silêncio, você está me fazendo sofrer. Recebeu a edição premium que eu te mandei (com um cartão) do seu filme preferido, *Casablanca*? Ingrid Berman também beijou outro homem, e Bogey uma mulher casada, mas Paul Henreid não ficou puto!

Estou com saudades!

Beijo, Ana.

Oi, Ana,

Quero muito te perdoar, mas ainda preciso de um tempo. O choque foi bastante grande, apesar de eu também não ser nenhuma santa. Seus longos e-mails suscitavam imagens estúpidas na minha cabeça, todas envolvendo o IC de uma forma desagradavelmente erótica. Eca! Imaginar que você possivelmente pensou nele todos esses anos, enquanto eu, infelizmente, te contava detalhes íntimos demais, é tão desconfortável quanto uma alergia generalizada. Pode soar melodramático, mas é exatamente isso.

IC, com quem conversei ao telefone, obviamente tentou jogar toda a culpa em você, como quem diz: não é de se estranhar, ela está tão na seca... Não se preocupe, não acreditei em uma palavra. Ok, como não sou uma pessoa rancorosa, vou tentar te perdoar, porque a amizade ainda é mais importante para mim do que a minha justificada ira.

Sugiro que você me mande mais alguns presentinhos legais para fazer as pazes, e aí vemos como fica. =)

Um abraço, Sílvia.

Queridíssima Sílvia,

Apesar de tudo você continua espertinha, não? Mais presentes? Estou tramando uma coisinha que vai te encantar... Mas quero muito saber como está sua alma, seu casal de príncipes e sua vida profissional. Novidades na loja? Preciso saber urgente!

PS.: Não, NÃO fiquei pensando todos esses anos nele, estava ocupada demais com os meus próprios caras! Agora que você me perdoou, me sinto bem mais leve. Estou com bons pressentimentos...

Ana. =*

Ana,

Bem, vamos hastear a bandeira branca, tenho outras coisas para pensar mesmo. Dinheiro, para ser exata. A oferta da Tausenschön continua de pé, e imagina só: minha linda, fofa, maravilhosa "não importa o que aconteça" sogra me ofereceu "investir suas economias no meu futuro", nas palavras dela. Lógico que não posso aceitar, do jeito que as coisas estão hoje em dia, mas fiquei extremamente tocada.

No que diz respeito às crianças, a princesa está apaixonada, desta vez, por sorte, por um jovenzinho que me agradou muito, porque não é avoado e sonado como tantos outros de sua geração. Ele me estende a mão quando chega, me olha nos olhos, quando usa alguma louça, coloca-a espontaneamente na máquina. Espero que continue assim. O príncipe teve sua primeira ejaculação ontem, no lençol do Bob Esponja. Ele não falou nada, eu tampouco, e lavei o lençol escondido. Pois é, a puberdade chegou de vez.

Um beijo, meu coração, espero que sua intuição não falhe e que, em breve, você tenha um lindo homem nos seus lençóis.

Beijo, Sílvia.

Amiga,

Uma mulher como você não deveria se preocupar com dinheiro... Repito de novo: Anke. Ela é cheia da grana. Ou ela tem essa mania típica de rico de regular o dinheiro? Ou será que ela não é tão abastada assim? Ou você ainda não falou com ela? Te invejo pela sua sogrinha. Poderíamos também planejar um pequeno roubo a banco e, como Thelma e Louise, apavorar os banqueiros do Norte da Alemanha.

Mãos ao alto!

Ana.

Olá, Ana,

Já falei com a Anke, mas infelizmente o marido dela investiu uma grande parte da fortuna em imóveis, e o dinheiro está agora lá, mofando. E pegar um crédito no banco não é uma boa ideia. Jogo na loteria há vinte anos e nunca acertei nem três números. Só me resta roubar um banco.

Fui, S.

Oi, meu anjo,

Desculpe pelo sumiço. E obrigada pelo torpedo fofo. Desliguei meu celular por 24 horas seguidas. Para compensar, agora vou te abastecer com uma verdadeira história de novela. Em duas partes. Nem sei por onde começar. Aconteceram as coisas mais loucas. Uma atrás da outra. Ratatatá, como a artilharia do destino – bem, a elegância passa longe do meu estilo literário quando me empolgo.

Anteontem eu estava superbem-humorada. Tinha terminado o texto sobre a Gwyneth Paltrow, finalmente usei de novo aquele vestido florido vintage (que vou doar em breve, sou muito velha para ele), passei um batom vermelho-fogo e abri uma garrafa de champanhe que estava encostada desde o último Natal. Num ataque de convencimento, entrei rapidamente num clima de *bad girl*. Foi quando sr. Broto me ligou, e eu ri e flertei como uma idiota. Ele gostou. Logo o brotinho bateu à minha porta, sorrindo de uma forma meio tímida, mas direta. Eram 17h34. O resto da história aconteceu em *fast forward*, aceleradamente e sem fazer sentido. Foi como se eu atuasse num filme. Dançamos uma música da Carly Simon (que ele conhecia, milagre!), depois rolou um beijo, as roupas voaram longe, e...

A seguir, cenas do próximo capítulo!

E com você, alguma novidade? =)

Ana.

Oi, Ana,

Nada de muito emocionante, tirando o fato de que vendi 3.300 euros em roupas hoje. A uma única madame. Ela entrou como um raio, jogou o casaco sobre o caixa e disse apenas: “Meu marido está me traindo, quero me vingar”. “Será um prazer”, eu disse, e mandamos ver. Depois de duas horas, ela partiu com um lindo casaco amarelo da Prada, dois terninhos da Missoni, três blusas, uma saia e um par de sapatos Manolo Blahnik. "Mal posso esperar para ver a cara dele", disse ela, enquanto eu a ajudava a empilhar as sacolas no Porsche conversível.

Agora você. Como foi? Você não mencionou uma vez que sr. Broto tinha um pau pequeno?

S.

Oi, oi, Sílvia,

Suas capetas. Sim, o diabo de fato veste Prada – e Missoni e Dior, e infelizmente também C&A. Você ama essas vingancinhas, né? E adoraria virar uma divorciada rica...

Pau? Que pau, tá maluca? Eu por acaso falei de algum pau? Você acha que sabe o que rolou? Sabe nada...

Mais um pouquinho de suspense torturante! hehe.

Ana.

Caramba, Ana,

Não precisa fazer tanto suspense, menina. Grande ou pequeno, vocês foram para a cama, e agora são o quê? Um casal, dois solteiros cinquentões frustrados, dois amigos que transaram, mas a vida continua?

Conta, com pau ou sem pau. =)

Sílvia.

Querida Sílvia,

Eu pensava, até esperava que seríamos um casalzinho, mas... Bom, é lógico que fomos parar na cama, quer dizer, no sofá (dica: nunca transe em sofás de couro!!!), e fazer o quê? Foi fantástico! O pau de sr. Broto não era nem grande nem pequeno demais, apenas determinado, talentoso e cheio de energia. Foi relativamente rápido (nós dois estávamos realmente destreinados), a mesinha caiu e eu ouvi alguma coisa quebrando. Rimos muito, não sei se de tesão ou por causa do absurdo da situação. De qualquer maneira, foi uma noite refrescante e totalmente satisfatória. E pensar que todo o preâmbulo foi aquela enrolação! Devemos aprender algo com isso? Quem espera sempre alcança, ou algo assim? Eu estava realmente a fim de ficar abraçadinha, mas ele não quis dormir na minha casa e foi embora (um andar abaixo). Adivinha o final?

Beijos, Sherazade.

Parabéns, linda!

Parece ótimo. É exatamente assim que o sexo tem que ser, descomplicado, fluido, agradável. E o melhor de tudo – ele tem mais ou menos a sua idade, vocês partilham os mesmos interesses. É o começo de uma linda história de amor. Que inveja!

Atualmente só uma pessoa faz sexo na minha casa, a saber, minha filha. Inacreditável a desenvoltura com que a juventude se comporta no quarto vizinho ao dos pais; ontem bati na parede energicamente, como uma bruxa velha.

Você está feliz?

Sílvia.

Oi, Sílvia,

Hoje cedo foi a minha vez de bater na porta dele – com dois croissants fresquinhos na mão e uma ideia na cabeça, mais especificamente, continuar explorando essa aventura sexual. Ele estava estranho, achei que tinha alguma coisa errada, pena que raramente me engano. Depois de devorar com gosto o meu croissant, ele confessou – e vou reproduzir a frase curta e grossa: "Você é muito velha para mim". Diz o homem de 53 anos. Me contou que, na verdade, se apaixonou por uma produtora de TV de 29 anos, mas tinha medo de estar sexualmente "enferrujado"... Nessa hora eu já estava batendo o pé e pensando no mote do primeiro livro da série de suspense que pretendo escrever (a partir de hoje!): homem pequeno é engessado vivo por vingança e abandonado no parque ao lado da Branca de Neve. E como eu sou "uma mulher gostosa e experiente", continuou, ele teve a ideia de promover uma pequena transa-teste. Aí piscou para mim e disse: "Você foi um feitiço, broto". Você não imagina a raiva e também a dor que eu senti! Na verdade gosto bastante dele e já estava pensando: que ótimo uma relação bacana e gostosa sem sair do prédio! Queria estapeá-lo, mas não faço isso desde os 30 anos. Saí batendo a porta, como uma diva. Ele também não fez cara de contente.

Bem, aí está a história. Ganhei, mas também perdi. Acho que vou deixar tudo pra lá. Vamos nos mudar para uma república e passar uma borracha em tudo o que diz respeito aos machos... Topa?

Freedom fighter Ana.

Querida,

Estou absolutamente perplexa e provavelmente tão louca de ódio quanto você. Me diga o que fazer, vou imediatamente. Sabotar as rodas do carro, costurar espinhas de peixe nas cortinas, tudo isso é muito inofensivo. Talvez você pudesse mandar à produtora uma receita de um urologista (tenho contatos nesse meio) para tratar HERPES GENITAL! Esse imbecil, tomara que o pau dele caia.

Voltemos a mim. Nada de estresse sexual, graças a Deus, mas se eu não arrumar a grana nas próximas duas semanas, a Tausenschön, que nesse meio tempo já virou Marion, terá que procurar outra sócia. O que significa que perderei meu emprego. Vamos sim assaltar um banco. Droga. =(

Minha filha sugeriu ontem no jantar que eu trabalhasse como telefonista para cegos, um verdadeiro nicho de mercado. Ela estava brincando, *I was not amused.* Pois é. Desde que começou a transar ela parece outra, feliz, prestativa, estudiosa. O pequeno príncipe anda superfofo, hoje cedo me acordou com uma massagem nos pés. Assim até abro mão de um cara, te juro. Mesmo porque provavelmente teria que atacar a faixa etária a partir dos 95 anos, já que aparentemente somos muito velhas para as gerações anteriores.

Me ocorreu uma ótima frase que você deveria ter dito ao sr. Broto: "Sim, você também me enfeitiçou, apesar de seu pau ser o menor que eu já vi. Mas talvez sua nova namorada tope encarar". Nós contra o resto do mundo!

Até, Sílvia.

Oi, melhor de todas as amigas,

Oh, que bom que não precisei recorrer à piada do pinto, você fez isso por mim com seu jeito cada vez mais ardiloso e chantagista! E agora vou te torturar mais um pouquinho. Parabéns, senhora *Superbusiness* e coproprietária de butique!

Ana!

O quê, como, onde, por quê? Não se brinca com isso. O que você fez, sua larápia fora da lei? Fale AGORA!

Sílvia.

Yes, yes, yes!

Arrumei o dinheiro! Sim! Parece que o sexo finalmente valeu a pena – assim como meus três semestres como ouvinte no curso de psicologia, aos 23 anos. Eu sabia que sr. Broto vem de uma família abastada e que, até os 50 anos, ganhava bem como jurista. Mas, principalmente, saquei que no fundo ele é uma alma correta (católica!) e, consequentemente, muito suscetível a sentimentos de culpa! E você sabe que eu atuo como ninguém (ainda hoje fala-se de mim em tons abafados como a diva existencialista vestida de negro do teatro estudantil).

Então o procurei, dramaticamente e com lágrimas nos olhos, e simplesmente perguntei se ele estaria disposto a ajudar minha melhor amiga com um empréstimo nestes tempos de trágicos golpes do destino (o seu marido morreu de ataque cardíaco. Espero que eu não esteja tentando o destino). Aí eu ainda discursei sobre como ele me magoou, suspirei, e assim o fisguei. Ele nem titubeou, assinou um cheque de 18 mil euros! Depois vou receber o contrato. No entanto, ele vai cobrar juros. Pois é. O resto – tá sentada? – eu te empresto. Também com juros. Prefiro investir o dinheiro na sua loja a deixá-lo no banco. E você não vai me dar o golpe.

Bem, tudo resolvido, todo mundo feliz. As cortinas podem se fechar, não?

Beijos da boa samaritana Ana.

Boa samaritana,

Estou simplesmente extasiada. Sei como foi suado para você juntar esse dinheiro e como a situação está difícil atualmente, por isso oscilo entre felicidade e preocupação. Por favor, não se sobrecarregue por minha causa! Não quero que você precise trabalhar como telefonista no crepúsculo da sua vida.

Com relação à generosa oferta do sr. Broto, para mim é complicado, NÃO FIQUE BRAVA!, trocar a grande raiva pela grande gratidão. Não posso mais odiá-lo, tenho que beijar os pés dele. Por outro lado – a cavalo dado não se olham os dentes. Por isso, OBRIGADA, OBRIGADA, OBRIGADA. Te amo. Tudo vai dar certo.

Sílvia.

Ooooooi, Sílvia,

Acabei de sair do hospital e estou nas nuvens. Não, não é por causa de sedativos. Estava voltando da padaria para casa, provavelmente perdida nos meus pensamentos, atravessei uma ruinha e só ouvi uma buzina de bicicleta e alguém gritando "Cuidado!", e quando dei por mim estava caída no chão com os pãezinhos espalhados no meu peito. Entrei em pânico, você sabe como odeio esses ciclistas assassinos, mas percebi que não tinha quebrado nada. Só machuquei feio o antebraço, que estava doendo loucamente. O jovem, que vestia um uniforme justo e preto – aparentemente era um courier –, pediu mil desculpas e se ajoelhou preocupado ao meu lado para me ajudar a levantar. Primeiro afastei-o, mal-humorada, mas então nos olhamos e aconteceu alguma coisa, um clique, ele tinha um sorriso lindo e maravilhosos olhos azuis. Derreti. Nem estava mais brava. Ele me ajudou a levantar, me apoiando nos seus 1,90 m. Disse que eu precisava tratar o machucado. Fez rapidamente uma ligação, estacionou a bicicleta, chamou um táxi e me acompanhou ao hospital! Tudo aconteceu calmamente. Ele me levou para casa, e enquanto conversávamos meu coração acelerava, e senti aquela pontada mágica que envolve o peito e te amolece toda. Ele entrou comigo, deixou seu número de telefone e na despedida me beijou no meio da boca, como num filme! Se chama Stefan, estuda medicina e é muuuuuito sexy! Ah, claro, tem 29 anos! Tá vendo, a vida é irônica, ousada, complicada e segue suas próprias regras ao dar e tirar alguma coisa. Por esse jovem precioso eu abro mão do sr. Broto com o maior gosto! Marcamos de nos ver mais tarde!

A sonhadora apaixonada. =)

Oi, safadinha,

Inveja, inveja, inveja!!!! Por que isso nunca acontece comigo? Como numa noite você transa com um velho e logo na manhã seguinte é atropelada por um courier de roupa justa? Não acha que 29 anos é jovem demais?, você poderia ser mãe dele! *Sorry*, retiro imediatamente o que disse, a inveja falou mais alto. Te desejo tudo de bom, mais especificamente que ele seja todo bom!

Preciso ir, tenho que alimentar a minha prole.

Me mantenha informada, quero saber de tudo, TUDINHO!

Sílvia.

Oi, Sílvia,

você já sabe de tudo! Viu como conseguimos resolver todas as pendências? Estou orgulhosa de nós! Passamos por tudo este ano, dor, morte, separação, tumulto, recomeço. Nem acredito.

Ah, sim, a vida é uma merda e uma puta – mas uma puta maravilhosa, excitante, engraçada, decidida e linda! Eu a adoro. Te adoro! Me adoro! Adoro seus filhos. E o mundo. E Stefan (por enquanto).

Um beijo, Ana.

Ana,

Tem razão. Faço minhas as suas palavras. Te amo também, amiga. Com você ao meu lado não pode acontecer nada de ruim. E sabe por quê?

S.

Por quê?

Porque o pior já passou! =)
Sílvia.

Espera pra ver! Hehe.
Ana.

Este livro foi composto em Garamond
para a Editora Planeta do Brasil
em julho de 2009.